「ほら」
言われてうつろに視線を落とすと、
先からこぼれだしたモノを指先にすくい上げて、
夏目が見せ付けてきた。
「もうべとべとだな」
カッと頬が熱くなって、研吾はあわてて視線をそらす。
校医様は夜の暴君

校医様は夜の暴君

水壬楓子

12894

角川ルビー文庫

CONTENTS

KOUISAMA-HA-YORU-NO-BOUKUN

口絵・本文イラスト／せら

「お待たせしました」

笑顔《えがお》とともに、うまく、こぼすことなくマティーニのカクテルをテーブルのコースターにつけて、研吾《けんご》はホッと息をつく。

「──うわわわわっっ」

と、するっと尻《しり》を撫《な》でられて、研吾はあやうくグラスを倒《たお》しかけた。

「相変わらずカワイイお尻してるね、研吾くん」

そう言ってにやにや笑ったのは、三十過ぎの常連の客だった。

冷や汗《あせ》をぬぐいながら、もうっ、と研吾は軽く唇《くちびる》をとがらせる。

榎木田《えのきだ》研吾がこの「マーキュリー」というバーで金曜、土曜の夜のバイトを始めて、ようやく三ヶ月ほどになる。

自分よりもずっと年上の客ばかりを相手にするこんな仕事で、初めこそ慣れずにおたおたすることも多かったが、もともと機転も利《き》き、手先も器用で、順応《じゅんのう》も早い研吾だ。うまく客あしらいもできるようになっていた。

「そうでしょ。食べ頃《ごろ》ですよ、伊東《いとう》さん」

そう言ってやると、おや、と言うように男が目線を上げた。

「食べていいのかい？」

「いいですよ。その代わり、ミサさんに告げ口しちゃいますけど？」

その言葉に、ちぇっ、という顔をして見せて、男が笑いながら肩《かた》をすくめた。

二丁目にほど近い立地ではあったが、別にそれ専門の店というわけではない。が、ちらほらとその手の客もいる――らしかった。

もっともこの伊東にはちゃんと彼女がいて、今日もその女性との待ち合わせなのだろう。

……まあ、こういうちょっかいをよくかけてくるところをみると、あるいはどっちもＯＫ、という守備範囲《はんい》の広い男なのかもしれないが。

研吾の通う月《つき》ノ森《もり》学園は、政財界の子弟《してい》とともに、スポーツ関係、芸能関係の子供もかなりの割合でいる。そのため、幼い頃から芸能活動をしている生徒が多いこともあって、原則的にはアルバイトも認められていた。

が、高校一年になったばかりの身でこんな水商売が許可されるはずもなく、学校にも親にも秘密のバイトだった。

もちろん、年はサバを読んでいる。

もっとも金持ち学校の月ノ森で、生活のためにバイトをする者はいないだろうし、研吾のように欲しいものを買うためにバイトに精を出す、という人間も少ないだろう。

望めば、平均的サラリーマンの月収ほども軽く小遣《こづか》いのもらえる家の子供たちがほとんどなのだ。

例にもれず、研吾自身も、そういう意味で恵《めぐ》まれた環境《かんきょう》に生まれていた。

研吾の父親は強打者として知られるプロ野球選手であり、母親は民放の局アナだ。

校内にはケタ違《ちが》いの金持ち、というのも確かにいるが——生徒会長の泉弦司《せんげんじ》那智《なち》など、財閥《ざいばつ》系の企業《きぎょう》のオーナーの息子《むすこ》はその部類である——まあ、月ノ森の中では平均的な所得で、おそらくは著名人の息子、というステイタスも、それなりにある。

が、両親は、そういう意味ではきわめて庶民《しょみん》的な感覚の持ち主だった。二人とも、もともと金持ちの家に生まれたわけではないからだろう。

息子の小遣いは、月々二万円。

月ノ森では、きっとペットの犬の餌《えさ》代にも劣《おと》るだろう。

とはいえ、研吾の交友関係を眺《なが》めてみても、それほどたいそうなおつきあいが必要な友達も幸いにしておらず、そこそこやっていけないことはない。

が。

研吾にはどうしても欲しいものがあったのだ。

カメラ、である。

ハイブリッドシャッターを搭載《とうさい》した一眼レフ。

今現在持っているのもちゃんとした一眼レフなのだが、そろそろ食い足りなくなってきた感じがある。

欲しい機種は単体でも十万。レンズやらスピードライトやら、データバックなどのアクセサリ類を含《ふく》めると、軽く二十万は越《こ》えてしまう。

研吾は、実は報道カメラマンを目指していた。

これは母親がアナウンサーだから、というよりも、その弟である叔父《おじ》の影響《えいきょう》が強かったのだろう。

世界中を飛びまわる報道カメラマンである叔父は、日本に帰ってくるたび、めずらしい話やスリリングな体験を幼い研吾にいっぱい話して聞かせてくれた。

スポーツ選手である父親は、やはり息子には同じ道を歩かせたい、という希望がないわけでもないようだったが、すでにあきらめている。

好きなことをやればいいさ、とさっぱりと言ってくれるのはありがたいところだ。

とはいえ、父にしても母にしても、自分の才能と努力で今の地位を築いてきた人間で、息子を甘やかすようなことはなかったのである。

当然、カメラなども自分の力で買いなさい――、というわけだった。その方が大切にするし、ありがたみもわかるから、と。

なので、アルバイト自体は禁止されていない。

だが研吾にしてみれば、コンビニやバーガーショップのバイトよりも、こんな夜のバイトの方が金もいいし、そして日常では見られない、いろんな世界が見られる、という利点もある。将来のための社会勉強の一環《いっかん》、というのか。まあ、単にこっちの方がおもしろそうだ、というのもある。

若く、顔のいいウェイターばかりを集めている、と噂《うわさ》のこの店に、研吾は先輩《せんぱい》の紹介《しょうかい》で入った。

その先輩の話では、ここは夜の店としては客筋がよく、みっともないほどの酔《よ》っぱらいや、からんでくるような客はいないということで、高校生のバイトとしても安全だ。

もちろん、そんな店だけに競争率は高いようで、バイトも随時《ずいじ》募集《ぼしゅう》しているわけではないのだという。

誰《だれ》かが辞《や》めたらその都度入れる、という形で、もちろん面接も厳しい。……らしい。

研吾としては年をごまかしている手前もあり、まあ、引っかかればラッキー、という気持ちで受けた面接だったが、運よく受かってしまったのだ。

童顔の子が一人欲しかったんだよね、という三十過ぎの支配人《マネージャー》の言葉には、いささか引っかかりもあるが、年をごまかしているのだから童顔に見えるのは仕方がない。

若く、容姿のよい男ばかりの従業員――、ということもあってか、明らかにそっち系の客もいたし、実際、研吾も誘《さそ》われたことがある。

同様にミーハーな女性客も多かったが、女性同士の客は、店の方針として断っていた。

女性は男のパートナーがついている場合のみ、ドアマンが中へ通すような形なので、なかば会員制に近い雰囲気《ふんいき》があり、かなり落ち着いた客層だった。

研吾は、一番上の人というと、支配人の竹田《たけだ》にしか会ったことはなかったが、このへんはオーナーの趣味《しゅみ》だという。

……カワイイ若い男の子ばかりを雇《やと》う趣味、というのも、よくよく考えればちょっと恐《こわ》い気がしなくもないが。

もっともオーナーは店にはほとんど来ないし、竹田が全権を委任されているというから、実害はないわけだ。

まあそんなわけで、バイトも三ヶ月目になると、顔なじみの客も増え、気安い会話も交《か》わせるようになっていた。

報道記者とか報道カメラマンとかいうと、初めて行ってすぐに現地に溶《と》けこめるというのも一つの資質だろうし、そういう意味ではいろんなタイプの客を相手につきあい方を学ぶのもいい勉強だった。

「——あ、研吾、もう今日は上がっていいぞ」

テーブルを片づけてもどった研吾に、支配人が声をかけてくれる。

店は二時までで、バーテンも兼《か》ねている支配人はいつも最後まで残るが、研吾は夜の十時で上がりだった。

土曜の今日のシフトなら、あと二人入っている先輩のバイトも最後まで残るのだろうか。

ちらっと壁《かべ》の時計を見ると、定時に十分ほど前だ。

クラブのバイトとしてはかなり早いシフトだったが、研吾にとっては都合がいい。

なにしろ、隠《かく》れ高校生の身分では、親の手前も、さすがに午前サマになるわけにはいかないのだった。

「じゃ、ケース外に出してから上がらしてもらいまっす」

そう断ると、おー、お疲《つか》れー、とのんびりした声が返る。

土曜にしては、今日はちょっとヒマな夜だった。

やはり世間様は不景気なのか。

研吾は空のビールケースを抱《かか》えて裏口から外に運び出し、ついでに夜の空気をいっぱいに吸いこんだ。

九月の終わり。

残暑が残るとはいえ、夜更《よふ》けはそろそろすずしくなり始めている。

ネオンサインが客足を誘う表通りと違って、たった一本入っただけのこんな裏通りは、ごみごみとして、いくぶん寂《さび》れた雰囲気がある。

いろんな匂《にお》いの混じり合った、どこか異国的な——それでいて懐《なつ》かしいような。

研吾はこんな街の姿も嫌《きら》いではない。

そして、帰るか、とくるりと戸口へ身体《からだ》を向けたその時だった。
視界の端《はし》に、ふっと、妙《みょう》なモノがかかる。
いや、妙な、というわけでもないのかもしれない。
こんな夜更けにサングラスの男が三人。どこかくずれた、ヤクザ風な男たちだ。
斜《なな》めむかいの路地の入り口で集まっている。
それだけならまだしも、もう一人——。
彼らと向き合っている男の横顔に、妙に見覚えがあったのだ。
こんな場所には似つかわしくないだけに、どこか違和《いわ》感を覚える。
長身の、眼鏡《めがね》をかけた横顔。
鼻筋の通った、結構な男前だ。
——そう。あれは確か……。
研吾はじっと目をすがめた。
黒系統のスーツ姿。
確かに似合ってはいるが……それがさらに研吾の目には奇異《きい》に映る。
研吾が知っているその男は、いつも白衣を身につけていたから。
夏目《なつめ》、和臣《かずおみ》——だっただろうか。
今年の春から前任者に代わって月ノ森に入ってきた校医だ。

それがいったい何だってこんなところに……？

いやもちろん、校医だって人間だ。

私服で二丁目に遊びに来たってかまいはしない。

が、話している男たちはどうにもうさんくさかった。それにどことなく人目をはばかるような雰囲気もある。

なんなんだ……？

好奇心《こうきしん》、というのだろうか。

もともと好奇心旺盛《おうせい》でもなければ、報道カメラマンなど目指しはしないだろう。

研吾はぞろぞろと連れだって人通りの少ない路地を歩き始めた男たちの背中を、こっそりとつけていた。

確かまだ三十前で、若く独身の校医は、月ノ森ではかなり女生徒の人気を集めている。

しかしその実体は——？

何か、おもしろい事実が飛び出すのかもしれない。

そう思うと、わくわくした。

——名刑事《けいじ》しかり。名探偵《たんてい》しかり。名カメラマンの前には事件の方からひょっこり顔を出してくれるもんさ。

そう言って、叔父は豪快《ごうかい》に笑っていた。

その叔父《おじ》から基礎《きそ》は習ったとはいえ、まだまだカメラマンのひよっこにもなっていない研吾は、そんな大きな事件になど出くわしたことはない。今までの被写体《ひしゃたい》も、ポートレートや建物などが中心だ。

――うーっ。カメラ、持ってくればよかったなあ……。

と、ちょっと後悔《こうかい》しつつ、研吾はウェイターの制服のまま、彼らのあとをついていった。

そして彼らが入っていったのは、古い廃《はい》ビルの一つだった。バブル崩壊《ほうかい》のあと、借り手もつかずに放置されたようなビルの一つだ。

――なんか、やっぱりアヤシイ……。

眉《まゆ》をよせ、その入り口のあたりをにらみながら、研吾は考えこんだ。

かといって、もちろん警察に知らせるような事件が起こったわけでもなく、アヤシイといっても単なる勘違《かんちが》いなのかもしれない。

やはりここは自分が納得《なっとく》できるまで調べるしかない――、と心に決めて、研吾は一歩、ビルの中へ足を踏《ふ》み入れた。

――と、その時だった。

ガッ、といきなり後頭部に重い衝撃《しょうげき》が走る。

なんだ…？

と、思ったのも一瞬《いっしゅん》だ。

ジン…と痺《しび》れるような感覚が手足の先まで広がり、研吾はそのまま意識を失っていった——。


気がついたのは、それからどのくらいたってからだろうか。

ぶるっと肌寒《はださむ》さを覚えて、急速に意識をとりもどす。

と同時に、頭がズキッと痛んだ。

「……てっ……!」

いったいどうしたんだ…、と怪訝《けげん》に思う研吾の頬《ほお》は、どうやらリノリウムの床《ゆか》に直《じか》に張りついているらしい。

「お、気がついたようだな」

そうつぶやいた男の声は遥《はる》か頭上から届き、ぼんやりとした目の前には茶色の靴《くつ》だけが見える。

どうやら、自分は床に転がされているらしい——、とようやく気づいた。

そしてズキズキと響《ひび》く頭は、あのとき何かで殴《なぐ》りつけられたのだとようやく思いあたった。

つまりあの場所で気を失った研吾は、この場所まで運ばれた——、ということだ。

「おい。頭、パーになったのか？」

目を開けたまま、ただぼけっとしている研吾に、男がしゃがみこんで手荒《てあら》に襟首《えりくび》をつかみ、上体を起き上がらせた。

身体の自由がきかない、と思ったら、どうやら後ろ手に縛《しば》りつけられていたらしい。

床にすわらされ、それでようやく部屋の様子がうかがえる。

どこかのオフィス、といった感じの部屋だった。合成皮革のソファに、どこにでもあるような事務机とイス。スチールの棚《たな》。

……どこだろう？

あのビルの中だろうか。

「おい！」

いらだったように男に顔をはたかれて、研吾はようやく男の顔を見た。

見たことのない男だった。金色のチェーンを首から垂らし、タバコをくわえた、ちんぴら風の男。

ごくり、と研吾は唾《つば》を飲みこんだ。

——事件だ。

明らかに事件だった。少なくとも傷害事件ではある。

が、しかし、喜んでいる場合でもない。

「おまえ、何だってあんなとこにいた？」

「な、何で……って……」

ドスのきいた声で聞かれ、しかし答えられることはほとんどない。

「た、たまたま……通りかかっただけ……ですけど」

おずおずとそんなふうに言ってみるが、ふん、と男は鼻を鳴らした。

「バカ言ってんじゃねぇっ」

べしっ、と無造作に頬をはたかれる。

何がなんだかわからないが、これはかなりまずい状況《じょうきょう》なのではないか——、と研吾は、ようやくまともに考え始めた。

「おまえ、兄貴たちをつけまわしてきただろ？　わかってんだぜ？」

別の男の声が机のむこうから届く。どうやら部屋には二人、いたらしい。

「何をコソコソかぎまわってやがるんだよっ⁉」

男が研吾の襟首をつかんでくるのに、さすがに息がつまる。

研吾はただぶるぶると首をふった。

——ヤバイ。本当にヤバイ……！

と、思う。

だが、こんなところに助けが来るはずもないし、もちろん研吾がこんなところにいるだなんて、誰《だれ》も知らないわけで。

どうやったら逃《に》げ出せるだろう……？

「ホントに……俺、何も……」

研吾は首を縮めて、なんとか気弱な少年を演じてみせる。

実際のところ、本当に何も知らないわけで、こんなことで殺されでもしたら、まったく割に合わない。

「……ホントに何でもねぇのかもな」

その様子に、一人の男がつぶやく。

「何か持ってるわけでもねぇし、まだガキみたいだしな」

研吾はその言葉にガクガクとうなずいた。

だからこのまま帰してくれっ、と祈《いの》るような気持ちだ。

「でも、兄貴たちのあとをつけてきたんだろ？」

しかしその言葉に、男はうーん、とうなる。

「つ、つ、つけたわけじゃなくてっ。俺っ、その、道に迷っててっ。たまたま通りかかった人のあとについてきただけでっ」

必死のいいわけに、男たちは顔を見合わせた。

「……どうする？　適当に処分しちまうか？」

「そうだな。こんなことで兄貴の手をわずらわせることもないしな」

――処分？

その言葉に、研吾の顔がヒクリ、と固まる。

処分？　処分て？

脳裏《のうり》にコンクリート詰《づ》めにされた自分の姿が浮《う》かんでくる。

「まあでも、ただ処分するってのももったいないな」

一人の男が研吾の顎《あご》をつかんで、じろじろと眺《なが》めまわす。

「可愛《かわい》いツラしてるし。ゲイビデオにでも売っぱらえば、ちっとはまとまった金になるかもしれないぜ？」

「……ああ。そりゃ、いいかもな。モノホンの強姦《ごうかん》モノとかな。いつでも出れるヤツ探してるし」

研吾はその会話に顔色をなくした。

冗談《じょうだん》ではない。コンクリート詰めも嫌《いや》だが、強姦ビデオもやっぱり嫌だ。

いくら報道カメラマン志望でも、そんな体験まではしたくない。

「そのあとで、海外にでも売り飛ばせばあと腐《くさ》れもないしな……」

研吾はぶるぶると首をふった。

海外にもいずれは行きたいが、やっぱりちゃんとパスポートとビザは持って行きたい――、と思う。

しかし、当事者には関係なく、二人の間で話はまとまったようだ。

「けど、それならそれで、……だ」

もう一人の男がゆっくりと研吾に近づいてきて、いびつな笑《え》みで見下ろしてきた。

「俺たちがいっぺん、味見をしてからでもいいんじゃねぇのか？」

研吾は言葉もなく、大きく目を見開いた。

あえぐように口をぱくぱくとさせる。

「うーん、俺は女の方がいいけどなァ……」

一人が至極《しごく》当然の意見をつぶやく。

「入れちまえば一緒《いっしょ》だろ。ケツの方が締《し》まりがイイっていうしな」

「まあ、そうかもな」

だがもう一人の男の言葉に、あっさりと納得《なっとく》してしまった。

「ちょっ…なっ……あんたら……っ」

頭はほとんどパニックで、まともな言葉にもならない。

尻《しり》と足だけで蓑虫《みのむし》みたいにジリジリと後ろへ下がってみるが、それもたかがしれている。

「――おい、そっち持てよ」

一人が研吾の両肩《かた》を持ち上げ、もう一人に顎で指示して、足をつかませる。

研吾はそのまま、荷物みたいにソファの上に転がされた。

そして白いシャツの襟《えり》をつかまれ、一気に引き裂《さ》かれる。鋭《するど》い音が耳に突き刺さった。ボタンがいくつか飛び、胸が大きくはだけられる。

「や…やめろっ！　やめろっ、バカ……っっ！」

研吾は足をばたつかせ、夢中になって暴れた。

しかし自由を奪《うば》われた上に、おとな二人がかりでは相手にならない。

ウェイターの黒いエプロンをむしりとられ、同様に制服の黒いズボンも無造作に引き下ろされる。

「嫌っ…、嫌だっっ、やめろって、変態やろうっっっ！」

もはや、相手を刺激《しげき》しないように、などという気遣《きづか》いも頭から飛んでいる。

「騒《さわ》がれると面倒《めんどう》だな。猿《さる》ぐつわでもかましとくか」

やれやれ、と男の一人がつぶやいた、その時だった。

ガチャ――、とドアが開く音がする。

ハッと、男たちが同時にふり返った。

「――あ、こりゃ、先生」

立ち上がって、愛想笑いのようなものを浮かべながら、男たちがバラバラと頭を下げる。

「すいません、どうも、お見苦しいところをお見せしちまって」

研吾はぜぃぜぃと息をつきながら、ようやく顔を上げてその「先生」を見る。

——そして。

「あ…あんた！」

確かに、それは先生、だった。

学校の。しかも、医者の。

間違《まちが》いなく、月ノ森の校医——夏目和臣だ。

夏目はちらりと研吾を眺め、わずかに眉《まゆ》をよせた。

「その子は……」

「や、何でもありませんよ。迷いこんできたガキみたいで。大丈夫《だいじょうぶ》です。ちゃんと俺たちで責任をもって対処しますんで。先生のご迷惑《めいわく》になることは」

——何かわからないが、夏目もこの男たちの仲間……ということだろうか？

研吾はゴクリ、と唾《つば》を飲みこんだ。

だとすると、夏目が助けてくれる可能性はほとんどない、ということだ。

夏目が深いため息をついて、ゆっくりと腕《うで》を組んだ。

「……何だって、おまえがこんなところに」

そしてあきれたようにつぶやく。

「え……？」

その「おまえ」というのは研吾のことでしかなく、つまり夏目は研吾のことを知っている、ということだろうか？

もちろん、校医ならば知っていて不思議でもないが……しかし、月ノ森の全校生徒は何百人もいるのだ。

研吾は春の健康診断《しんだん》でくらいしか世話になったことはないし、まさか全校生徒の顔と名前を覚えているわけでもないだろう。

しかしその夏目の口からは、さらに驚《おどろ》くべき言葉が飛び出していた。

「その子は私の恋人《こいびと》なんだよ。私の姿を見かけてついてきたんだろう。放してやってくれないかな？」

えっ、と驚いた顔で、男たちが夏目を見る。

だが、誰よりも驚いたのは研吾自身だ。

――こ、恋人っ？

しかし確かめるように研吾に向き直った男たちに、研吾はあわてて、ガクガクガク、と首を縦にふった。

ここでこいつらにまわされてホモビデオに売り飛ばされるか、夏目の恋人になるか、と言われれば、やはり後者を選ぶしかない。

「そそそそうっ！　実はそうなんだっ」

あわてて叫《さけ》んだ研吾に、チッ…、と男が舌を打った。

「だったら最初からそう言えば……」

ぶつぶつと言いながら、研吾を縛《しば》っていた縄《なわ》をといてくれる。

両手が自由になると、研吾はあわててずり下ろされたズボンを引き上げた。

「いや、まあ、先生がそっちの趣味《しゅみ》なのは知ってましたけどね……。お相手がこんな子供とは思わなかったっすよ」

ため息をつくように言った男の言葉に、研吾は内心でゲッ、とうめく。

本当にこいつはそうなのか――、と思わず、うさんくさい目で夏目を見上げた。

その夏目が犬を呼ぶように指先で来い、と合図を送ってくる。

ここで逆らうわけにもいかず、研吾はおずおずと夏目に近づいた。

「まったく世話の焼けるヤツだな」

髪《かみ》の毛をくしゃり、と撫《な》でられて、研吾はとりあえず、形だけ、ゴメンナサイ、とあやまってみせる。

「悪いね」

そう手を挙げた夏目に、男も、こちらこそ、と首を縮めるようにして返した。

そして夏目は冷たい目で研吾を見下ろすと、

「ほら、帰るぞ」

と言って、襟首をつかまえるようにして、そのオフィスから引きずりだす。

出てふり返ってみると、研吾がいたのはやはりさっきの廃《はい》ビルだった。

夏目は片手で研吾をつるすようにしたままずんずんと進み、やがて表通りまで行き着くと、タクシーを拾った。

ようやく研吾の襟首から手を離《はな》し、中へ押しこむようにして乗せると、自分もあとから乗りこんでくる。

夏目が行き先を告げ、車が走り出すと、ようやく緊張《きんちょう》がとけて研吾もホッと息をついた。

「……あんた、ホントに俺のこと、知ってんの？」

うかがうように、男を横目にしながら尋《たず》ねた研吾に、夏目はさらりと言った。

「月ノ森学園高等部一年Aクラス榎木田研吾。O型RHプラス。持病なし」

淡々《たんたん》と言った夏目に、ごくり、と研吾は唾を飲み下す。

まさか、マジで全校生徒を覚えてるんじゃないだろうな、と思いつつ。

「――で？」

夏目がちろり、と研吾を横目にして、尋ねてくる。

「何だっておまえがあんなところにいた？」

「そりゃ、こっちのセリフだろっ？」

その言い方にムカッとして、研吾はなかばケンカ腰《ごし》に切り返す。

「あんたこそ、なんなんだよ!?」

「私のことはどうでもいい」

しかしあっさりと夏目は言った。

「どうでもよくはないだろっ？　あんた、うちの校医のくせに、あんなやつらといったい何やってんだよ!?」

「おとなの事情だ」

さらりと言われて、さらに頭に血がのぼる。

「あんたなっ」

しかしどう尋ねても、夏目は答えをはぐらかすばかりだった。

そのうちに車が止まり、夏目は研吾を引きずったままタクシーを降りた。

一等地のかなりの高級マンションだった。

「……ここ、あんたんち？」

そう尋ねた研吾に、ああ、とだけ、答えが返る。

その二十階、最上階が夏目の部屋のようだった。

さすがにいいところに住んでいる。

まあ、月ノ森の校医になる、というのは、やはりOBや保護者、あるいは学校関係者の縁故《えんこ》地縁が多い。

それなりに家柄《いえがら》のいい人間だ、ということだ。

外観にふさわしく、中もかなり豪華《ごうか》なマンションだった。

軽く4LDKはあるだろうか。

玄関《げんかん》から、バーカウンターやキッチンまで大理石造りで、もちろん豪華でもあるのだが、全体的にはシックにまとまっている。

リビングに通され、待ってろ、と言われて、研吾はソフトレザーのソファにあぐらをかいてすわりこんだ。

しかし身体《からだ》が沈《しず》みこんでいくようで、妙《みょう》にバランスがたもてず、あわてて足を伸《の》ばしてすわり直す。

やがて夏目が部屋着に着替《きが》えてもどってきた。

そしてキッチンへ入っていくと、グラスを二つ、手にして帰ってくる。

「あいにく、子供の飲み物がなくてな」

あからさまな子供扱《あつか》いにムカムカしながら受けとったのは、単なるミネラルウォーターのようだ。

しかし喉《のど》が渇《かわ》いていたので、研吾は一気にグラスを空けた。

夏目は立ったまま、その研吾の様子をじっと見つめていた。

鋭い、身体の奥までひっくり返して見つめられるような眼差《まなざ》しに、研吾はいくぶん落ち着かなくなる。

「……その格好。あのへんでウェイターでもしているのか？」

聞かれて、ぐっ、と言葉につまった。

カンがいい。

「今日のことに懲《こ》りて、バイトは辞《や》めるんだな」

「なっ…」

一方的に言われて、研吾は目をつり上げた。

「そんなこと、あんたに言われることじゃないだろ⁉」

「教員としては当然の指導だと思うが？」

しかし夏目はさらりと返してくる。

「教員って……校医じゃんっ。あんたは身体の心配だけしてればいいだろっ」

どうにも分《ぶ》がない、というのは何となく感じながらも、研吾はわめいていた。

「そのカラダの心配もしてやったから、助けてやったんだろうが？　自分の身《み》が大事なら、二度とあのあたりはうろつくな」

「って、何だよ！　そういうあんたはどうなんだよっ⁉」

助けてもらったのは確かだが、もとはといえば夏目が挙動不審《ふしん》なのがいけないのだ。

自分のことは棚《たな》に上げて、研吾にばかり命令する男に、研吾はさらにいらだった。

「だったらちゃんと説明しろよ！　あんたはあんなとこで何してたんだよっ!?」

そう叫んだ研吾をじっと見つめて、そして夏目がふぅ…、と大きく息をつく。

「……どうやら、そのカラダでわからせてやるしかないみたいだな」

その言葉に、研吾は思わず目をむいた。

「な…何を……だよ……？」

何となく、いやぁ〜な予感に一歩、足を引きながらも、夏目に背を向けて逃《に》げるのもしゃくで、ぐっとにらみ返す。

夏目は身をかがめ、手にしていたグラスをそっとテーブルにおいた。

そして研吾に向き直ると、両手をポケットに突《つ》っこんだままゆっくりと近づいてくる。

「どういう目にあうかってことを、だ」

そう言うと、いきなり研吾の腕《うで》をつかんだ。

あっ、と思ったときには、そのまま引きよせられ、近くの壁《かべ》に背中を押しあてられていた。

両方の腕で囲うように研吾の身体を封《ふう》じこめる。

「な…っ」

研吾はあわててあたりを見まわした。

もちろん、今度こそ、助けが来るはずもない。

「ちょっと、あんたっ！　何する気だっ？」

尋ねながらも、薄々《うすうす》わかっているだけに、すでに声がひっくり返っている。

「言葉ではわからないという覚えの悪い生徒に、身をもって教えてやろうというんだよ」

夏目はすかして答えた。

そして研吾の両腕をつかみ上げると、頭上にまとめて縫《ぬ》い止めた。

そのまま、正面から身体を重ねるようにして押さえこまれる。全体重がのしかかってくるような恐怖《きょうふ》を、研吾は一瞬《いっしゅん》、覚えた。

こうされると、体格の違《ちが》いがはっきりとわかる。

本当に、おとなと子供の違い――だった。

もう片方の手で、強引《ごういん》に顎《あご》がつかまれ、まっすぐに前を向かされた。

「……最後のチャンスだ。どうする？」

にこりともせず、低く尋ねられる。

「何が……だよ？」

それでも研吾は言い返した。

「バイトも辞めて、二度とあのへんをうろつくな」

「嫌《いや》だ」

その命令に、反射的に研吾は言い返した。

「……ったく、ガキが」

うなるように夏目が吐《は》き出す。

そして次の瞬間、喉元から一気にシャツを引きちぎられた。

あのオフィスで、すでに半分、男たちには破かれていたが、ここですべてはぎとられる。

上半身だけとはいえ、裸《はだか》の身体を見つめられて、何か肌《はだ》がざわめくようだった。

夏目が大きく息を吸いこむ。

「もう一回だけ、聞いてやろう」

そう言った夏目に、しかし研吾はあとを続けさせなかった。

「最後のチャンスが何度もあるのかよ?」

そんな憎《にく》まれ口をたたいた研吾に、男は押し黙《だま》った。

「知らないからな」

そしてようやく、絞《しぼ》り出すように夏目が言った。

まるで、責任転嫁《てんか》するような言葉。

そしてそのまま、グッと身体を押しつけてきた。

わずかにそらした顔も、あっさりとつかまってしまう。

「んっ……」

そして唇《くちびる》をふさがれて、研吾は思わずもがいた。

キス。

ファースト・キス、だったのだ。

なんで…っ、こんな男と――！

そう思うと情けなくてたまらない。

しかし、いったん離《はな》れた夏目の唇はさらに角度を変えて重なり、舌が差しこまれる。

「んん…っ」

甘く、吸いこまれるような感覚だった。

からめられ、吸い上げられて、いつの間にか研吾も応《こた》え始めている。

唇が離されるごと、必死に息継《いきつ》ぎをし、何度も何度も、研吾は唇を奪《うば》われていた。

そしてようやく身体《からだ》が離れた時には、研吾は胸を大きくあえがせてしまった。

何がなんだかわからない――その状態で、研吾は次の攻撃《こうげき》を受ける。

「あぁぁぁぁっ！」

その瞬間、とんでもない声が飛び出していた。

夏目の手がいつの間にかズボンのボタンをはずし、ジッパーを引き下げると、下着越《ご》しにギュッと、研吾の中心を握ったのだ。

「ちょっ…っ、なっ…何…っ」

あわてて研吾は身体をよじるが、逃げるどころかさらに手を動かされ、その刺激《しげき》にたまらず腰《こし》を揺《ゆ》らせてしまった。

「何だよ……っ、やっ……」

得体の知れない感覚に、研吾は泣きそうになりながらうめいた。

冷静な夏目の視線が、身体をなぞっていく。

そして中心をつかんだ手はさらに強弱をつけて、研吾のモノをなぶり始めた。

こすられるたび、どんどんとそれは大きく、硬《かた》く成長していく。

「自分でしたことがないわけじゃないだろう？　それとももう、女とでも試《ため》したか？」

あからさまに尋《たず》ねられて、カッと頬《ほお》が熱くなる。

「童貞《どうてい》か？」

「やかましいっっ！」

思わず怒鳴《どな》りつけて、しかしそれは、自分で暴露《ばくろ》しているようなものだった。

「ふん…、先が濡《ぬ》れてきたな」

夏目が低くつぶやいた。

その言葉に、研吾は恥《は》ずかしさのあまり唇をかみしめた。

確かに、下着を突き上げている先の方が、シミになり始めていた。

夏目は下着越しに研吾のモノをつかんだまま、さらに刺激を与《あた》え続けた。

それがもどかしいようで、むず痒《がゆ》いようで、研吾はたまらずに腰をうごめかした。

「うっ…うぅ……」

踵《かかと》が浮《う》き、足先が伸《の》び上がってくる。

と、いきなり夏目が手を離してしまった。

「あ…っ、や…っ」

思わずすがるような声が飛び出す。

夏目がにやり、と笑った。眼鏡《めがね》の奥の瞳《ひとみ》が、意地悪く光る。

「見てみろ」

言われて、のろのろと視線を落とすと、あからさまに自分のモノが硬く形を変え、窮屈《きゆうくつ》そうに下着を押し上げていた。

「どうしたい？」

尋ねられて、研吾は息を飲んだ。

「どう……」

どう、って。

そんなことはわからなかった。

ただ呆然《ぼうぜん》と、夏目を見つめる。

そんな研吾に、夏目が続けた。

「処理する方法はいくつかあるだろう？　ん？」

意地の悪い言い方だった。

「俺がしてやるか、おまえが自分でするか。もちろん、俺の目の前で、だ」

研吾は絶句した。

そんな、どっちも——どっちも、したくない。

「それとも、このままほっとくか？」

「そんな…っ」

だが、それは論外だった。ここまで来て、最後までいけないなんて——。

「なら、どっちにする？　俺はどっちでもかまわないぞ？」

そう言って、夏目は勃《た》ち上がった研吾のモノを指で弾《はじ》いた。

「あぁぁあっ」

研吾はガクガクと腰を揺らせた。

あえぐように唇を動かし、ようやく、して、とつぶやく。

この男の前で自分でなぐさめるくらいなら、してもらっても同じだった。

しかし夏目は、さらに意地悪く言った。

「人にものを頼《たの》むときはお願いします、というものだ」

唇をかみ、キッと研吾は男をにらみつける。

しかしどうしようもなかった。

「お願い……します」

うなだれるようにそう言うと、よしよし、と誉《ほ》めるように夏目の手が優《やさ》しく頬を撫《な》でる。

そして研吾の顎《あご》をつかむと、軽く一度、唇にキスを落とし、ようやく夏目はとらえていた研吾の手を放した。

「よく言えたご褒美《ほうび》だ。手でするよりもっとよくしてやろう」

そう言うと、下着に手をかけて、一気に引き下ろす。

大きく成長した研吾の中心が跳《は》ね出してきて、夏目の目の前にあらわになる。

夏目はそっとそれを手の中に収めた。

「あぁぁぁぁっ」

握《にぎ》られただけで身体の芯《しん》を走り抜《ぬ》けるような刺激に、研吾は身体を突《つ》っ張らせる。

くすくすと笑いながら、夏目がゆっくりと手を動かした。

「はっ…、あっ…あっ…あぁぁっ」

上下にしごかれ、指先でくびれをなぞるようにこすられて、こらえきれず、先端《せんたん》から小さな滴《しずく》がにじみ始める。

ぬるぬるとしたそれを指先にすくい、さらに先端が指の腹で丸く弧《こ》を描《えが》くようにもみこまれる。

「あぁっ…ん…っ」

ざわっ、と体中の細胞《さいぼう》がざわめく。

ぎゅっと目を閉じた研吾は、すぐに乾《かわ》いてしまうのか、無意識のうちに、何度も自分の唇をなめていた。

——と。

「なっ……！　な…なつめ……っ」

ふっとその夏目の手が止まり、何かじれるような思いで目を開いた研吾は、思わず声を上げた。

夏目が自分の前にひざまずき、そして——

「あ…あぁぁぁぁぁっ！」

すっぽりと、自分のモノを口にくわえこんだのだ。

されていることに目の前が真っ赤になると同時に、全身に鳥肌《とりはだ》が立つような快感が走っていった。

思わず夏目の髪《かみ》を指でつかむが、どんどんと湧《わ》き上がってくる熱に、引きはがそうとしているのか、逆に押しつけようとしているのかわからなくなる。

口の中でたっぷりとしごかれたあと、夏目の舌がねっとりと研吾のモノにからみ、表面を丹《たん》念《ねん》になめまわされる。

「ふ…っ、あ……」

そして先端の小さな穴をくすぐるように舌先でつっつかれ、さらに軽く吸い上げられて、研吾はガクガクと腰を揺らせていた。

夏目が根本のあたりを指先でこすりながら、ふっと顔を上げて、上目づかいに研吾を見る。

「ほら…、人の髪をそんなにつかむな。ハゲたらどうする」

くすくすと笑いながら、楽しげに言った。

「そ…な……こと……」

言われても。

何かつかんでいないと、身体が溶《と》け落ちてしまいそうだった。

わかっているのだろう。

特に引きはがそうとはせず、夏目は研吾の中心の淡《あわ》い毛をかきまわすようにしたあと、そっと内腿《うちもも》のあたりを撫でてきた。

その指先があたる部分に、ゾクゾクとした痺《しび》れが生まれてくる。

そして、ツン、と天を指して突きだした研吾の形を確かめるように指でたどると、スッと先端をぬぐった。

「ほら」

言われてうつろに視線を落とすと、先からこぼれだしたモノを指先にすくい上げて、夏目が見せつけてきた。

「もうべとべとだな」

カッ、と頬《ほお》が熱くなって、研吾はあわてて視線をそらす。

夏目が再び研吾のモノを口に含《ふく》んだ。

「ふっ…、ぅ…っ」

喉《のど》の一番奥まで導かれ、硬《かた》い部分に先端があたって、その都度、ジンジンと疼《うず》くような刺激《しげき》が走る。

「あ…、出る…っ、も……出る……っ！」

口の中で全体をこするようになめあげられ、くびれを舌先でなぞられて、研吾は首をふりながらうめいた。

こらえきれない。

夏目がうながすように先端をきつく吸い上げる。

「んっ…、あぁぁぁぁ…………っ！」

その瞬間《しゅんかん》、ドクッ…、と研吾は夏目の口の中に吐《は》き出していた。

体の中で泡《あわ》が弾けるような快感と、そして脱力感《だつりょくかん》が襲《おそ》ってくる。

夏目が口を離《はな》すと、立っていられなくて、研吾はずるずると壁《かべ》に背中をつけたまま、床《ゆか》にすべり落ちていた。

ぺたりと腰《こし》をついてあえぐ研吾と逆に、夏目が口元をぬぐいながら立ち上がった。

「の…飲んだのか……？」

呆然《ぼうぜん》と尋《たず》ねた研吾に、あぁ、と軽く答えが返る。

あっさりと言われて、研吾は思わず目を伏《ふ》せた。

「どうした？　よすぎたか？」

頭上で、夏目がくっと笑った。

「口でしてもらったのは初めてか？」

なんだか悔《くや》しいような思いで、研吾は答えなかったが、もちろん、初めてだ。

やれやれ…、といかにもあきれたように夏目がつぶやいた。

「まだ始まったばかりだがな」

えっ、と思わず顔を上げた研吾の目の前で、夏目がにやりとした。その目があやしく光っている。

「ソレは、お願いします、というからしてやったんだろう？　だいたい最後の最後のチャンスまで棒にふったのはおまえだからな」

そう言うと、夏目は研吾の腕《うで》を引っ張り、あっという間にぐったりとした研吾の身体《からだ》を抱《だ》きあげた。

引っかかっていた下着が足首からすべりおち、ようやく肩《かた》に残っていたシャツの片袖《かたそで》もその勢いで飛んでしまう。

「なっ…おいっ！」

ほとんど全裸《ぜんら》で抱きこまれ、男の腕の中で研吾はジタバタと暴れ出したが、体格差は歴然としていた。

年も、倍…まではいかないにしても、三十前くらいではあるのだろう。

研吾も、同世代の生徒の中ではごくごく普通《ふつう》くらいだったが、この男の腕の中では本当に子供でしかない。

服を着たままの男に裸《はだか》で抱かれている気恥《きは》ずかしさが、さらに研吾をあわてさせた。

バイトで、このところおとなの男をあしらうのにも慣れた――、と思っていた。だが実際には、あんなものはなかば遊びのうちなのだと思い知らされた気がした。

「うわぁぁぁぁっ！」

奥のドアが足で開けられ、薄闇《うすやみ》の中、いきなり放り出されて、研吾は顔面蒼白《そうはく》になりながら宙を引っかいた。

だが落ちた先はやわらかなベッドの上だ。

――助かった……。

と、ホッとした次の瞬間、これは助かった、という状況《じょうきょう》でもないのに気づく。

助かったどころか、かなり危機的な状況ではないだろうか。

なにしろ裸で男のベッドの上――、なのだ。

黒い影《かげ》が近づいてくる。

思わず身を縮めた研吾にかまわず、男はベッドを横切って先へ進んだ。

そしてザッ…、とカーテンを引く音がしたかと思うと、目の前いっぱいにきれいな夜景が広がっていた。

「うわ……」

今の立場も忘れて、研吾は思わず身を乗り出してしまう。

片側が全面窓ガラスで、星くずの中に漂《ただよ》っているような気分になる。

「なかなかムードも満点だろう」

そう言うと、明かりはつけないまま、夏目がベッドサイドへもどってくる。

「なっ…何のムードだよっ!?」

と、自分の状況を思い出し、口から唾《つば》を飛ばしながら、たっぷりダブルサイズはあるベッドの片端《かたはし》にジリジリとずり下がった。

うん？ と男が顎《あご》を撫《な》でる。

「ムードは必要ないか？ つまり、やればいい、と。さすがにやりたい盛《さか》りの高校生だな」

「だっ誰《だれ》もそんなことは言ってないだろっ！」

「じゃあ、ムードもないよりあった方がいいだろう」

「そりゃ…まあ」

のせられるままにもごもごと口の中で返事をして、そして、あれ？ と思う。

……何か、違《ちが》う。違う気がする。

男がくすくすと笑った。

「ではなるべく、ムードも心がけてやることにしよう。君の大事なバージンをもらうわけだからね」

「いっ？」

と、奇声《きせい》を上げた研吾にかまわず、夏目は伸《の》び上がるように服を脱《ぬ》いでいく。

黒い影だけでも、たくましい、均整のとれた体つきなのがわかる。

研吾は思わず見惚《みと》れていた。

報道カメラマンというのは体力勝負なところもある。研吾も身体を鍛《きた》えようといろいろとやってみたりもしているが、なかなかうまく筋肉がつかないのだ。

痩《や》せている、というわけではなかったが、もうちょっと、がっしりとした体格が欲しい。

夏目は、ふだんの白衣を着ているときにはそれほどしっかりした体つきにも見えないのに、こうしてみると身長と相まってかなりの迫力《はくりょく》がある。

まあ、医者も体力勝負、なのかもしれない。特に若い中高生が相手となると。

ギシリ、とベッドに上がってくる気配に、ようやく研吾は我に返った。

月明かりと、遠くの街明かりの中にぼんやりとその身体が浮《う》かび始め、研吾は吸いよせられるようにその中心に目がいった。

ごくり、と唾を飲みこむ。

身体だけでなく、男のそこも、かなり立派なモノだ。

「ちょっ…ちょっと、ちょっと待てっ」

思わず手を伸ばして押しとどめた研吾に、からかうように夏目が聞く。

「どうした？　ギブか？」

「なんだとっ!?」

反射的に言い返して、そんな自分に、しまった、と思う。

いったいいつの間に、どうしてこんなことになったのか。

しかし一度出た言葉はとりもどせないし、このままあやまって、夏目の言うようにバイトを辞《や》めることは、とてもできなかった。

「だがもう遅《おそ》いな」

静かに言われたその言葉に、研吾はドキッとした。

夏目が眼鏡《めがね》をはずして、サイドテーブルにのせる。

そしてすぐ目の前まで迫《せま》っていた男の、まともに見た目の色は本気で——まっすぐににらむように見つめてくる。

「——あっ！」

ふいに伸びてきた腕に足をつかまれ、研吾はそのまま引き倒《たお》されるようにベッドに転がった。

足を広げられ、その間に身体《からだ》をねじこまれて、閉じられないようになる。

「ちょっ…やっ…！　放せっ！」

「遅い、と言っただろう？」

無慈悲《むじひ》に言い捨てると、夏目が大きく足を広げてきた。

あわててばたつかせるが、がっちりとつかまれて、抵抗《ていこう》のしようもない。

「あっ…」

さらり、とやわらかく手のひらで胸を撫でられて、それだけでうわずった声が飛び出した。

夏目の指先が、偶然《ぐうぜん》のように小さな乳首《ちくび》を弾《はじ》いていく。

何度もされるうちに、その指にあたる抵抗が大きくなる。

「ちっちゃいのが立ってきたな」

楽しげに言われて、かぁっと頬《ほお》がほてった。

「どれどれ」

「やっ…！」

オヤジくさくつぶやきながら、ちょいちょい、とからかうように人差し指でつっつかれ、研吾は逃《に》げようとするように身体をよじる。

「ひ…ぁ…っ！」

それをいさめるようにキュッときつくつままれて、ツキッ、と突《つ》き抜《ぬ》けるような痛みが走り抜けた。

研吾はたまらず声を上げていた。

それからなだめるように優しく指で押しつぶされ、もみこむようになぶられて、じわじわと疼《うず》くような熱がわだかまってくる。

両方の乳首が同時に攻《せ》められる。

ぎゅっと目を閉じて、喉《のど》をそらせ、研吾はただひたすら、身体の中に押しよせてくる波をこらえた。

必死に唇《くちびる》をかむ自分の表情が、夏目の痛いような視線にさらされているのがわかる。

「ああっ…、ああ……っ」

ジンジンと痺《しび》れるような刺激《しげき》が、手足の先まで広がってくる。

「ココをいじられただけで、もうこんなになっているのか？」

夏目がいくぶんあきれたように、かすかに笑いながらささやいた。

こんな、というのが、何がどんなだか、研吾にはわからない。

「あぁぁっ！」

しかし、するりと股間《こかん》を撫で上げられて、すでに自分のそこが頭をもたげているのを教えられた。

「若いね」

しみじみと感心したように言われて、研吾は思わず顔をそむける。

それにかまわず、身をかがめてきた夏目が、指先でなぶっていた乳首の片方を唇でついばんだ。

「あああっ！」

舌先でもてあそぶようにしてなめられ、たまらず研吾は高い声を放っていた。

そして唾液《だえき》に濡《ぬ》れた小さな芽が再び指先につままれ、こねまわされて、ズキズキと身体の中心に響《ひび》くような刺激が走る。

「可愛《かわい》すぎるな…、おまえは」

小さくつぶやくと、夏目が研吾の中心を手の中に包みこんだ。

ゆっくりとしごかれ、研吾はたまらず自分から腰《こし》をうごめかす。早くも先端《せんたん》からこぼれ始めた蜜《みつ》が夏目の指を濡らし、だんだんとすべりがよくなってくる。

と、いきなり夏目が手を離《はな》した。

「な…」

駆《か》け上がっていた階段を突然《とつぜん》はずされたようで、研吾は思わず目を見開いた。

夏目は腕《うで》を伸ばして二つある枕《まくら》の一つをとると、抱《かか》え上げた研吾の腰の下に押しこんだ。

軽く腰が浮くような状態で、さらに大きく足を広げてくる。

そして濡れた指先がつっ…、とたどるようにして、二つの球の間からさらに奥へと進んでいく。

何か恐《おそ》ろしい予感に、研吾は思わず息をつめた。

細い道筋をこするようにしてなぞられただけで、ビクビクと腰が揺《ゆ》れてしまう。

そして、行き着いた一番奥で指が止まり、ノックするようにその入り口がつっつかれた。

「やっ…嫌《いや》だ……っ！」

その意味が、さすがに研吾にもわからないはずはない。

別に男同士ということにどうこう言うつもりはないが――仲のいい友達にも同性の恋人《こいびと》がいるヤツは何人かいるわけで――しかし、自分がそこを使われる、というのは、さすがにわけが違う。

ゆっくりと指先でそこをもまれ、少しずつほぐされていく。

何か思い出したようにいったん離れた夏目にホッとしたのもつかの間、ひやり、とそこにあたってきた冷たい感触《かんしょく》に、研吾は悲鳴を上げた。

「何…っ、何だよ……っ」

次々と襲《おそ》いかかる未知の感覚に、ほとんど涙声《なみだごえ》になっていた。

「ただのローションだ。おまえも裂《さ》けると嫌だろうが」

淡々《たんたん》と言いながら、夏目が入り口にそのぬるっとした液体を広げていく。

爪先《つまさき》で襞《ひだ》がいじられ、からみつくようにうごめき始める。そのローションもだんだんと体温に溶《と》け、温かく馴染《なじ》んでいく。

ふっ…、と夏目が小さく息を吐《は》いた。

指の動きを止め、じっと研吾を見つめてくる。

「最後の最後の最後のチャンスをやろう」

その言葉に、研吾はハッとした。

「バイトも辞《や》めて、あのへんには近づくな」

研吾は息をつめて、やはり男をじっとにらみ返した。

——どうして、そんなに近づけたくないのか。

そう考えると、やはり何かあるはずで。

好奇心《こうきしん》、というだけでは、もはやない。

研吾のプライドも、意地もかかっていた。

この男があそこで何をしていたのか、それを突き止めるまでは絶対に譲《ゆず》ることはできなかった。

「……嫌だ」

絞《しぼ》り出すように、研吾は答えた。

本気だ、とはわかっていた。

しかしここまでされて、このまま黙《だま》って引き下がることなんか、とてもできない。

「強情者《ごうじょう》が……」

低く、夏目がうなる。

そしていくぶん手荒《てあら》に再び指をその部分に押しあてると、一気に中へ突き入れた。

「く…っ！」

研吾は思わず息をつめる。

しかし思ったほどの衝撃《しょうげき》はなかった。

ローションでかなりほぐされていたおかげだろうか。

「息を吐け」

言われて、何とか息をついた瞬間《しゅんかん》、ずるっとさらに奥をえぐられ、指をまわされて、研吾は思いきりそれを締《し》めつけていた。

「やっ…、あぁぁぁぁ……っ！」

大きくあえぐ合間に、夏目は指を自在に動かし、研吾の弱いポイントを探《さぐ》り出していく。

「んっ…んっ…、は…っ、あっ…あ……」

ぞくぞくと、得体の知れない感覚が背筋を伝ってくる。

そして、くいっと腹の方を押し上げられた瞬間、すさまじい刺激に、研吾は身体を跳《は》ね上げていた。

「あぁ…っ！」

いったん抜けた指が二本に増えて、再び中をかき乱してくる。

研吾はどうしようもなく腰をふりまわし、爪《つめ》がシーツを引っかいた。

じっと、熱っぽい眼差《まなざ》しでその情けない表情が見つめられているのがわかる。

くそ…っ、と夏目が低くうめいたような気がした。

そしていきなり指が抜かれると、髪《かみ》をつかまれるように後ろから引きよせられ、唇がむさぼられる。

「あ…、ん……っ」

息が苦しくなるくらい、深い、長いキスだった。きつく舌がからめられ、何度も何度も吸い上げられる。

それに思わず吸いこまれそうになるのは——うまい、ということだろうか。

研吾は無意識のうちに男の肩《かた》に手を伸《の》ばし、しがみついていた。

夏目の腕が、どこか性急に研吾の片足を抱え上げる。

そしてさっきまで指でなぶられて、すっかり熱を持った部分に何か硬《かた》いモノが押しあてられた。

「あ……」

それが何かは、研吾にも想像はつく。

恐怖《きょうふ》——、なのか。

反射的に、研吾は男の肩に爪を立てた。

夏目がなだめるように尻《しり》を撫《な》で、そしてぐっ…、とその塊《かたまり》を押しこんでくる。

「ゆるめろ」

と、同時に耳元で言われ、研吾はなんとか身体《からだ》の力を抜《ぬ》こうとしたが、うまくできない。

あたりまえだ。初めてなのだ。

入ってきた瞬間に締めつけていた腰《こし》は、そのまま固まってしまったようだった。

「……むり……っ」

うめくように、研吾は言った。

だいたい、あんな…大きいのを、そんなところに入れるなんて。

ちらっと見た夏目のモノの大きさを思い出し、それがさらに成長しているのかと思うと、とても想像ができない。

軽く舌を打って、夏目が研吾の前に手を伸ばしてきた。

少しばかり小さくなってしまったものを手の中で包みこみ、こすり上げる。

「あっ…あっ……」

そちらに気が散らされ、いくぶん腰の強張《こわば》りがとける。

その隙《すき》に、抜いてくれればいいのに、逆に奥へと突《つ》き進んでくる。

「やだ…っ、や…っ……もう…っ、やだ……っ、ナツメ……っ、バカ……っ！」

裂けるような痛みが腰から背筋に突き抜け、研吾は自分でももう、何を言っているのかわからない。

「自分の強情さを恨《うら》むんだな」

しかしかすれた声で夏目は言い捨てると、そのまままさらに奥へと突き上げてくる。

「あぁぁぁぁっ！」

その衝撃にたまらず研吾は男の背中にしがみつき、かきむしるようにして肌《はだ》を引っかいていた。

それでも、根本までおさまってしまうとようやく動きが止まって、研吾はホッと安堵《あんど》の息をつく。

あれが全部、自分の中に入っているのかと思うと、不思議なような、空恐《そらおそ》ろしいような気がしてくる。

ずきん、ずきん、と、痛みと一緒《いっしょ》に、熱く脈打っている夏目の熱が、そこから全身に広がってくるようだった。

しばらくは夏目も動かなかったが、やがてゆっくりと腰を揺すり始めた。

「あっ…あっ…」

大きさを馴染ませるように小刻みに動き、それにも慣れてくると次第《しだい》に大きく腰をまわしてくる。

ズキズキとした重い痛みは、やがてチリチリとした細かな痛みに変わり、それも次第に、何か別の感覚にすり替《か》わってくる。

ズッ…、と奥へ入ってくるたび、軽く引き抜かれるたびに、ざわっと肌が震《ふる》える。

だんだんと夏目の動くスピードが速くなり、それに引きずられるように、研吾の呼吸も荒《あら》くなっていった。

「ん……っ、あ……」

硬い熱に身体の芯《しん》を貫《つらぬ》かれ、いつの間にか何かが喉元《のどもと》までせり上がってきているようで――

ギリギリまでいっぱいになっていて、もう頭は真っ白だった。

「も…う……、もう……っ！」

何が何だかわからないまま、研吾は口走った。

背中にまわった夏目の腕《うで》が、ぐいっと研吾の身体を引きよせる。

片足を抱《かか》え上げたまま、夏目が激しく突き入れてきた。

「ああぁっ……！」

焼きつくされる。燃えつきてしまう。

痛みと熱が一緒になって、もはや自分の身体の原形もとどめていないようだった。

「あ…あぁぁぁぁぁぁぁ――……！」

そしていくどめか――。

一番奥に硬い先端《せんたん》があたった瞬間、何かが身体の中で弾《はじ》けていた。

夏目も小さくうめき、きゅっと締めつけた腰の中で温かいものが出されたのがわかる。

何かが抜け落ちたようにベッドに沈《しず》んだ研吾の汗《あせ》ばんだ額を、優《やさ》しい手のひらがそっと撫でてきた。

その心地《ここち》よい感触《かんしょく》にまどろみながら、研吾はもう何も考えられずに目を閉じた――――。

◇　　　◇

「よっ、研吾！」

週明けの月曜。

いつものように――とは、少し違うが――登校した研吾の背中を、後ろから見つけたらしいクラスメイトの瀬野《せの》一真《かずま》がどん、とたたいてきた。

「……あれ？　どうかしたのか？」

うっ…、と声をつまらせて思わず地面にうずくまった研吾を、一真が怪訝《けげん》そうにのぞきこんでくる。

この程度の挨拶《あいさつ》はいつものことで、一真にとりたてて他意はなかったはずだが。

腰に、響《ひび》くのだ。今日は。

しかし、それを一真に言うわけにもいかない。

「や…、何でも……」

もぞもぞと口の中で言い訳しながら、なんとか立ち上がる。

首をひねりながらも、一真がいつもの布袋《ぬのぶくろ》に入った弁当箱の包みを差し出してきた。

「あ、これ弁当な」

「ああ…、サンキュー」

研吾はそろそろと腕を伸ばして、それを受けとった。

一真は月ノ森の中にある、通称《つうしょう》「クラブハウス」と呼ばれている寮《りょう》に住んでいる。……というか、そこで働いている、というか。

クラブハウスには、生徒会長の泉弦司那智を始め、この有名人、著名人、あるいはその子弟《してい》の多い月ノ森の中でもさらにVIPと呼ばれる生徒が多く暮らしているのだが、一真は今年から奨学金《しょうがくきん》を受けて、この学園に残っているのだった。

その奨学金の条件というのが、クラブハウスの料理番および掃除《そうじ》当番――、らしく。

父親が洋食店を営んでいる関係で、一真もこの年で相当に料理の腕がいい。

だから、この友人がバイトとして弁当サービスを始めたと聞いたときには、研吾は迷わず申しこんだのだ。

本当は寮生対象だったらしいが、まあ、特別枠《わく》、というところか。

研吾の家は、両親が共働きだったため、あまり家庭料理というのに恵《めぐ》まれていない。それはそれで仕方のないことだと思うが、やはり外食や買ってきた総菜ばかりでは、と栄養面では母親も心配していた。

一真の弁当の話をすると、母親もぜひ頼《たの》みなさい、ということで、月の弁当代は出してくれているのである。

……そういえば。

と、ちろり、と研吾は横を歩く今日も元気いっぱいな友人の横顔を盗《ぬす》み見た。

こいつの恋人《こいびと》って、男、なんだよなぁ……。

クラブハウスの寮長である、羽住雅人《はずみまさと》。

生徒会長の泉弦司那智の陰《かげ》に隠《かく》れてはいるが、知る人ぞ知る、という感じの男だ。

——つーことは、コイツも、あんな痛い思いをしたわけか……。

へらへらと脳天気に幸せそうな今の顔を見ていると、いったい最初はどうだったんだっ、と膝《ひざ》つきあわせて問いただしたい気になってくる。

今日はこうして、それなりに普通《ふつう》に歩いてもいられるのだが、昨日はひどかった。

昨日の朝、目が覚めていつものように伸《の》び上がった研吾は、ベッドから降りようとしたところで腰が立たず、ぶざまに床《ゆか》へ転がってしまったのだ。

「なっ、なんだ…っ？」

と、あせった瞬間《しゅんかん》、前日のことが洪水《こうずい》のようにどっと脳裏《のうり》に押しよせてきた。

この腰の状態では、あれは夢だったのだ――、と思いこむことすら不可能で。

だが、帰ってきた記憶《きおく》もないのに、どうして自分のベッドで寝《ね》ているのか……？

その疑問に、母親はあっさりと答えた。

ゆうべはご丁寧《ていねい》に、月ノ森の校医の先生が送って下さったのよ、と。

「あなた、貧血で倒《たお》れたんですって？　通りがかって助けてくださったそうよ。よくお礼、言っときなさいね」

そう諭《さと》されて、さらにムカッとする。

――貧血だぁ？　深窓のご令嬢《れいじょう》でもあるまいしっ。そんなんで俺が倒れるかいっ！

まったく面《つら》の皮が厚いこと、はなはだしい。

「ずいぶん若い校医さんなのねえ。校医っていうのは年よりばっかりかと思ってたわ。すごく礼儀《れいぎ》正しくて、しっかりなさってて。しかもすごいいい男でびっくりよ～」

アナウンサーだけに芸能人の友人も多い母親だが、実は結構なミーハーである。それでその仕事を選んだんじゃないかと思うくらいだ。

浮《う》かれた母親のその言葉に、ケッ、と、研吾は内心で吐《は》き出した。

しかしまさか母親に、あなたの息子《むすこ》はゆうべその男相手に処女喪失《そうしつ》しました、などと告白できるはずもない。

そういえば、起きたときに着ていた服——寝間着代わりだろう、軽い上下は見たことのないもので、夏目が着替《きが》えさせてくれたのだろうか、と思う。

シンプルだが生地《きじ》も仕立てもいいもので、どこかのブランドものなのかもしれない。

サイズ的に夏目のものではないだろうから、わざわざ研吾が寝ている間に買ってきてくれたのか。

……もっともあの男のことだから、しょっちゅう若い男を引っかけて家に入れているのかもしれないが。

教室へ入りながら、ちくしょーっ、と研吾はうめく。

やっぱり、ケツが痛い……。

ジンジン、というか、ズキズキ、というのか。

昨日よりはよっぽどマシだが、こんなへっぴり腰《ごし》では、クラブのバスケはおろか、体育の授業もまともに受けられない。

まだ何かがつまっているような、ヘンな感じだった。

どう考えても、今日は文句の一つも言わなければ気がすまない。

そしてこの放課後、意を決して、研吾は保健室へと乗りこんだ。

「おい、ナツメ！」

ガラッとドアを開け、中で机に向かって何かの書類を読んでいた白衣の男の背中を、研吾は問答無用で怒鳴《どな》りつける。

ゆっくりと男がふり返った。

目をすがめて、じっと研吾を見つめてくる。

やはり間違《まちが》いなく、おととい自分を抱《だ》いた男——だ。

しかし学校であらためて見たせいか、こうやって向かい合った雰囲気《ふんいき》がどことなく違う。さらっと、どこか乾燥《かんそう》した空々しさ、というのか。

それでも、ギッ、とにらみつけた研吾に、謝罪の言葉、なんて贅沢《ぜいたく》は言わないが、おとといの今日だ。

何か言いたいことはあるだろう、と身構えてみたが、しかし夏目はゆったりと腕《うで》を組んだだけだった。

——そして。

「君は誰《だれ》かな？」

言われたその言葉に、研吾は絶句した。

「な……」

あまりのことに、目を見開いて、男を凝視《ぎょうし》する。

「あんた……いいかげんにしろよっ」

そしてカーッと頭に血をのぼらせて、思わず叫《さけ》びだしていた。

「おとといのこと、あんた、忘れたっていうつもりかっっ！」

かみついた研吾の形相に、ぽん、と男は手を打った。

「ああ…、そうだったそうだった」

――そうだった、そうだった……だとっ⁉

つまりこの男には、今の今まであっさりと忘れてしまうくらい、ありきたりの日常茶飯《さはんじ》事な出来事だった、ということだ。

いい知れない怒《いか》りが身体《からだ》の奥から湧《わ》き上がってくる。

「そうそう…、榎木田研吾くん、だったね」

夏目がそう言いながら、大きめの黒いイスから立ち上がった。

「しかし仮にも目上の人間を呼びすてにするとは感心しないね」

そして、指をふりながら気障《きざ》な調子で注意してきた男に、研吾は吐き捨《す》てた。

「いたいけな生徒を強姦《ごうかん》しやがるようなヤツにつける敬称《けいしょう》なんかないねっ」

「強姦？」

ふっ、と表情を止めて、夏目が微妙《びみょう》に眉《まゆ》を上げる。

「……私が？」

「とぼけんなっっ！」

吠《ほ》え立てた研吾に、夏目はあわてたようにうなずいた。

「えーと…、いや、失礼。うん。そうだね。なるほど…」

「何がなるほどだっっ！」

どういうつもりだ、と研吾はますます腹の虫が治まらないような、情けないような、泣きたいような気分になる。

こんな男に、自分はバージンを奪《うば》われたのか、と思うと。

バージンばかりではない。ファースト・キスだってそうだ。

別に大切に守ってきたとかいうわけじゃないが、どっちも一人一つしかないものなのだ。どうせなら美しい思い出になる方がいいに決まっている。

「いや…、しかし、強姦、という言われ方はちょっと心外だね」

こほん、と咳《せき》を一つつき、いくぶん表情をあらためて夏目が言う。

しかし研吾にしてみれば、心外だと言われることが心外だ、という感じだ。

「あれは強姦以外の何ものでもないだろっっ」

どう客観的に見ても、そのはず――だった。

が。

机に腰をあずけ、顎《あご》に手をやって、夏目がにやり、と笑う。

……あのときの、意地悪な夏目の笑い方、だ。

「そうかな？　してっ、もっと突《つ》いてっ…、っておねだりしてきたのは君の方だったと思ったが？」

その言葉に、研吾は目をむいた。

そして次の瞬間カーッ、と全身が熱くなったのがわかる。

「なっ…ばっ、バカなこと言うなっ！　そんなことっ…、そんなことっ、俺が……言うわけないだろっっ！」

ほとんど逆上するように、研吾は叫んでいた。

「いや、確かに言ったよ。相当よかったんだろうと、私も満足していたのだけどね。こうやって怒鳴りこまれるところをみると、まだ足りなかったのかな？」

あまりのことに、口をぱくぱくさせたまま、研吾はしばらく言葉も出せなかった。

だが、二回目以降のことは、実際、ほとんどよく覚えてはいなかった。

あのあと、執拗《しつよう》に何度も抱かれて。頭も身体もぐちゃぐちゃで。何度もいかされた気はするが、何度いったのかも覚えていない。

そんな恥《は》ずかしい言葉を、俺が本当に口走っていたんだろうか……？

そう思うと、頭の中まで真っ赤になる。

――いや、しかし。

研吾は、グッと腹に力を入れ直した。

ここで言い負けて泣き寝入《ねい》りなんか、絶対にできなかった。

抱かれたことだって、なんだって、自分が悪いわけじゃないのだ。

「夏目！」

目の前の男をにらみつけ、研吾はビシッと指さした。

「絶対、あんたのしっぽをつかまえてやるからなっ！　この学校、免職《めんしょく》にできるくらいの証《しょう》拠《こ》をつかんでやるっっ！」

そうタンカを切ると、研吾はたたきつけるようにドアを閉めて保健室を飛び出した――。

「……やれやれ」

その小さな台風のような研吾が去ったあと、広い保健室は一気に静かな放課後をとりもどしていた。

窓の外からは、夏の名残《なごり》のツクツクボウシの鳴き声とともに、運動部がランニングをするかけ声が遠く聞こえてくる。

開く。

「あぶなかったたな」

白衣の男が眼鏡《めがね》をはずして、軽く眉間《みけん》のあたりを押さえた。

「まったく。言うべきことは正確に伝えておいてもらわないと困るね」

誰にともなくそう声をかけた男の横で、ベッドを囲っていた白いカーテンが軽い音を立てて開く。

そして中から、もう一人、男が姿を現した。

白衣の男とまったく同じ顔。

「私のプライベートだ。おまえには関係ない」

そして、同じ声――。

夏目和臣だった。

おととい研吾の出会った、月ノ森の校医。

そして、今白衣を着ている方はその双子《ふたご》の兄、高臣《たかおみ》だ。

しかし弟のその冷たい口調にも、高臣はこたえていないようだった。

「関係ない、とは、つれないな。俺とおまえの仲じゃないか」

気安く肩《かた》にまわされた手を、夏目は邪険《じゃけん》にふり払《はら》った。

「――で、おとといの夜、何があったのかな？　どうやら、私が聞いている話だけじゃなかったようだね」

しかし高臣は懲《こ》りた様子もなく、ひょうひょうと言葉を続ける。

「そう…、私の記憶違《きおくちが》いでなければ、確かあの子とは事務所で会って保護しただけだと聞いた気がするが？」

こめかみのあたりを押さえながら、あからさまに嫌味《いやみ》な口調だ。

「ほらほら、カズくん。全部包み隠《かく》さず、おにーちゃんに言ってごらん？」

にやにやと、コピーしたように同じ顔に自分の顔をのぞきこまれて、夏目は果てしなく不機《ふき》嫌《げん》になってしまった。

何があったか――、など、この男にはもうほとんどわかっているはずだ。

自分でちゃんと受け答えているのだから。

だから、夏目はそれに応《こた》える代わりに尋《たず》ねた。

「……なんで研吾がおねだりしただなんておまえにわかる？」

むっつりと、高臣をにらみつける。

よもや、弟の部屋に盗聴器《とうちょうき》でもしかけているのではないかと疑いたくなる。実際、この兄ならばやりかねない、という気がするのだ。

「そりゃ、俺と双子のおまえだからな。あっちの方もヘタなはずはない。ベッドの相手を悦《よろこ》ばすこともできないんじゃ、俺のプライドが許さん」

うまいかヘタかはともかく、おまえと一緒《いっしょ》にするな、と内心で毒づきながら、夏目は鼻を鳴らした。

何か言い返しても、三倍返してくる兄だ。

幸か不幸か生まれたときからのつきあいなので、そのへんはわかりすぎるほどにわかっている。

「ま、それはともかく」

高臣が白衣を脱《ぬ》ぎながら、いくぶん口調をあらためた。

「あの子、よけいなことに首をつっこませるなよ。ややこしくなる。計画を台無しにされても困るしな」

「わかっている」

眼鏡を直しながら、苦々しい思いで夏目は答えた。

その目の前に、貸してやっていた白衣が飛んでくる。

「じゃあ、また連絡《れんらく》を入れるよ」

またな、と言って、高臣が軽く飛ばしてきた投げキスを、夏目は反射的に首を傾《かたむ》けてスルーした。

高臣はちぇっ、と口をとがらせたが、兄からのキスなど、気色悪いだけだ。

「……ああ、それと」

刑事《けいじ》コロンボよろしく、いったんドアのむこうに消えた高臣が、ひょい、と再び顔をのぞかせた。

そしていつになくマジメな顔で口を開く。

「十八歳未満の児童との性交渉《こうしょう》は立派な犯罪だぞ」

じろり、となかば殺気をこめて、夏目は兄をにらんだ。

そんなことは今さら言われるまでもなく――反省しているかといえば、そういうわけでもなかったが、やってしまった今となってはもはやどうしようもない。

「やーい、淫行《いんこう》教師～」

それが言いたかったのか、二十八にもなった男は舌を出してはやし立てると、報復を受ける前にとっとと逃《に》げ出した。

夏目が素早《すばや》く手近の医療《いりよう》用ハサミをつかんだときには、すでに足音だけを残して、兄の姿は消えている。

腹いせにグサッとハサミを机に突き立てて、夏目はふぅ…、と肩で息をついた。

いつか殺してやろう――、と思いながら二十八年。

よくもつきあってきたものだと思う。

やれやれ、と思いながら夏目は白衣を羽織り、テーブルの上に散らばっていた何枚もの個人データを拾い集めた。

その中の一枚に、ふと、手が止まる。

榎木田研吾――、という生徒名のある一枚だ。

わざわざチェックしていたらしい兄に、短く舌を打つ。

研吾のことは、軽く、話のついでのように伝えておいただけなのに。

それにしても、研吾の方も強情《ごうじょう》で。

やはりバイトを辞《や》めるつもりはないのだろうし、ああ宣言した以上、夏目のまわりもうろつくのかもしれない。

――さて、どうしたものかな……。

どっかりとイスに腰《こし》を下ろしながら、夏目はいつになく深いため息をついていた……。

◇　◇

「――夏目？　校医の夏目先生？」

きょとん、とした表情で、一真が箸《はし》をくわえた。

翌日の昼休み――弁当タイムである。

混雑する食堂や教室をさけ、研吾たちは裏庭に出てきていた。

まわりに人もいないし、とりあえず尋ねてみた研吾に、知らないなあ…、と一真がつぶやいた。

その横で、やはり同じクラスメイトの天野《あまの》佑士《ゆうじ》も、やはり知らない、と首をふる。

車座になった三人の前には、それぞれの弁当が広げられていた。

といっても、一真に作ってもらっている研吾と一真のは同じメニューだ。

料理特訓中らしい佑士もがんばって手作り弁当のようだが、やはり彩《いろど》りとか形とか、一真のものと比べるといろいろといびつだった。

父母ともにメディアへの露出《ろしゅつ》も多い若手政治家、という、なかなかにめずらしい両親を持つ佑士だが、実は養子である。

そのため、というわけでもないのだろうが、研吾の家と同様共働きの環境《かんきょう》なので、せめて料理くらいは、と思ったらしい。

しかしまだまだ初心者で、いろいろと一真にアドバイスをもらっているようだった。

「保健室に行くことなんか、めったにないもんなぁ…」

と、つぶやいた一真に、そうだよな…、と研吾も納得《なっとく》してしまう。

三人が三人とも、結構な健康優良児なのだ。

やっぱりこのメンツに尋ねたのが間違いだったか…、と研吾はすぐに悟《さと》った。夏目について、何か噂《うわさ》を知らないか、と一応聞いてみたのだったが。

そろいもそろってのほほんとしたヤッらで、この中では、どう考えても自分が一番の情報通だ。

「前に一回、サッカーで足をくじいたときに診《み》てもらったけど」

と、佑士が思い出したように口を開いた。

「丁寧《ていねい》だったし、感じのいい、いい先生だと思ったけどな」

そう評価した佑士に、研吾は思わず、ちょっかいをかけられなかったか？　と尋ねたくなる。部屋に連れこんで抱《だ》いた相手をあっさりと忘れるくらいの男なら、適当に生徒に手を出していてもおかしくはない。

というか、そのためにわざわざ校医になったんじゃないか、という気もしてくる。

ちょろっとリサーチしたところでは、夏目はやはり、この月ノ森のＯＢだった。

医者の家系に生まれ、名門の医学部にストレートで入学、卒業し、将来を嘱望《しょくぼう》された優秀《ゆうしゅう》な外科医――、らしいのだが。

あちこちの有名私立、大学病院からのオファーも蹴《け》って、この母校の校医におさまったときには、日本医療界の宝の持ち腐《ぐさ》れ、と医師会の長老たちを嘆《なげ》かせたものだ――、という話は、しかしどこまでが本当なのかわからない。

しかしそこまで言われる男がおもしろくもない校医なんてやっているのは、やはり自分のシュミのためとしか思えないではないか。

……ひょっとして、ショタ、というヤツだろうか？

そして自分がそのヘンタイの餌食《えじき》になったのかと思うと、どうにもげんなりしてしまう。

まあ、ショタというには、研吾はいくぶん年をとりすぎている気もするが、夏目あたりから見ればたっぷりひとまわりも違《ちが》うわけで。

十分に許容範囲《はんい》なのだろうか。

この学園で、次々と無垢《むく》な生徒たちを毒牙《どくが》にかけるつもりなのかもしれないが、まあ、まだこの四月から勤め始めたばかりだし、最初の一学期くらいは自重して、様子を見ていたのかもしれない。

そう考えると、めぼしい――好みの生徒をチェックして、名前や何かを覚えていたとしても不思議ではないわけだ。

……好み、だったんだろうか？　俺が？

そう思うと、何かぞわっとするようでも、むずっとするようでもある。

――いや、そうなると、ますます夏目の正体を暴《あば》いて、日の下《もと》にさらしてやらなければならない。

そうだ。次の犠牲者《ぎせいしゃ》を出さないためにも。

報道関係を目指す者として、ふつふつと正義感が湧《わ》いてくる。

だが、どこから攻《せ》めればいいのか――。

やはり教員にあたる方がいいのだろうか…、とも思うが、同僚《どうりょう》たちの中ではネコをかぶっていそうだしな――…

「にゃあ」

と、つらつら考えていたその横で、いきなりネコが鳴いた。

「うわっ」

と、そのタイミングのよさに、思わず研吾は飛び上がりかける。

「あ、ミケだ」

うれしそうに佑士が顔を輝《かがや》かせて、こいこい、と指を曲げた。

研吾たちがこのあたりを弁当場にして数ヶ月。

三毛《みけ》ネコ風というか、まだら模様の雑種で、野良《のら》らしいオスの子ネコは、どうやらこの学園内のどこかで生まれたようだった。

親や他《ほか》の兄弟たちがどうなったのかはわからないが、研吾が見つけたときには餓死《がし》寸前でひょろひょろしていた。

あわててミルクをやり、餌《えさ》をやり始めたのが最初で、それからよくこの時間にも顔を出すようになっていた。この数ヶ月でかなり大きくなっている。

研吾は初め別の名前で呼んでいたのだが、佑士がずっとミケミケ、と呼ぶので、結局それが定着してしまった。

佑士は家でも拾ったネコを飼っているのだが、それはトラ縞《しま》のトラだ。

そのまんま、である。きっと黒《くろ》ネコならクロ、白ネコならシロ、なのだろう。

……なんだか脱力《だつりょく》するほどまっすぐな思考だった。

学校としては、野良ネコが校内でうろうろするのは望ましくはないだろうから、なかばコッソリ飼っている、という状態だった。

研吾も動物は好きなのだが、いかんせん、父親がネコ嫌《ぎら》いなのでどうにも連れて帰れないでいる。

「ほらほら」

と、一真が自分の弁当から軽くあぶったみりん干しを提供していた。

一真の作る弁当は、一真のいるクラブハウスの全員が頼《たの》んでいる。つまり、学園のスーパースター、生徒会長の泉弦司那智も同じものを食べているわけで、全校生徒にはまさに「憧《あこが》れの弁当」だった。

研吾が一真に払《はら》っているのは、一食五百円だが、もしこれを売り飛ばしたら、五千円でも一万円でも売れるだろう。

なにしろ、那智の非公認《ひこうにん》ファンクラブには、金に糸目をつけないお嬢《じょう》ちゃんお坊《ぼっ》ちゃんが大勢いる。

そうでなくともせめて一口、という生徒は星の数ほどいるわけだが、その憧れの弁当がもったいなくも野良ネコにおすそわけされているのである。

佑士も、足の長さがふぞろいなタコウィンナーを一つつまんでおいてやっていた。ミケは両方に鼻を近づけて吟味《ぎんみ》した上、まず一真の方に口をつける。やはりネコでも味はわかるのだろうか。

最後に研吾のところに餌をねだりに来たミケに、研吾はいつも用意している鰹《かつお》の削《けず》り節《ぶし》を出してやる。

横でうずくまってはむはむする子ネコの頭を撫《な》でながら、研吾はじっと考えこんでいた。

学園内にいるときの夏目は、やはり評判のいい校医でしかない。

やはりその本性《ほんしょう》を暴くには、校外での夏目を調べるしかないのだ――。

とはいえ。

「……うーむ……」

ぺたん、と地面に腰《こし》をつけて喉《のど》の奥でうなりながら、研吾は削り節に舌鼓《したつづみ》を打っているミケの頭をちょんちょん、とつっついた。

食事を邪魔《じゃま》されて、ミケは不機嫌《ふきげん》にみゃご、とうなる。

翌日の放課後。

ミケにエサをやりながら、研吾は深いため息をついた。

絶対しっぽをつかまえてやる――、とタンカをきったはいいが、具体的にどうすればいいのか、まるで考えが浮《う》かばない。

研吾は手を伸《の》ばして、目の前で揺《ゆ》れるミケのしっぽをひょいとつかんだ。

びっくりしたらしいミケが飛び上がってぐるぐるするのをちょっと笑い、そしてすぐに放してやる。

……夏目のしっぽは、こんなに簡単につかめないだろうしなあ……。

「うーん……」

ここは一つ、発想の転換《てんかん》、というヤツが必要かもしれない。

押してダメなら、引いてみる。

真正面からぶちあたってみるのではなく、夏目にもっと近づいて、油断させて、それからしっぽを出させる――、とか。

そう考えると、ちょっと失敗したかなぁ、という気がしてきた。

研吾があんなにケンカ腰では、夏目だって出すものも出さないだろう。

夏目の趣味《しゅみ》が高校生くらいの男だとすれば、ひょっとして、研吾がカラダを使って夏目を誘《ゆう》惑《わく》とかもできたのかもしれないのに。

そして、うまく情報を引き出すことだって。

……できた……んだろうか？

とはいえ、冷静に自分に問い返してみると、どうにも自信はない。

――夏目が俺にベタ惚《ぼ》れのメロメロってわけじゃ、ぜんぜんないもんなぁ……。

どっちかといえば、夏目にとってはたまたま、目の前の皿の上にカモがネギを背負《しょ》って飛びこんできたようなものだったのだろう。

じゃあ、ちょっと味見してみようか、くらいの感覚で、そして、一度食ったら、あとはポイ、と捨てるだけ。

人間、いらないものはゴミ箱に捨てて、あとから何を捨てたか、なんて考えもしない。

そう…、ただ、いらないもの――、としか。

だから、ろくに覚えてもいなかったのだ。

――なんだよ……。

そう思うと、やっぱりちょっと落ちこんでしまう。

自分の初体験の価値、というのが、そんなもんだとは。

夏目にしても、やっぱり若い男なら誰《だれ》でもよかったのだろう。今さら研吾が誘惑してみせたとしても、簡単にのるとも思えない。

――と、そのときだった。

ふいに人の話し声が耳に飛びこんでくる。遠かったので内容まではわからないが、語尾《ごび》の鋭《するど》い、言い争うような調子だった。

……なんだ？

と思って、研吾は腰を上げる。

広い敷地《しきち》をもつ学園の、中庭の一角ではあるが、近くに特別棟《とう》や施設《しせつ》があるわけでもなく、そうそう人の通りかかるような場所でもない。

今は使われていない、昔の特別教室、だろうか、どこかさびれた建物があるだけのさびしい場所だ。

声のする方へ、そのくすんだ建物の角を曲がろうとしたときだった。

「——うわっっ」

「なっ…」

いきなりむこうから、ものすごい勢いで男が同時に角を曲がって姿を現す。

あやうくぶつかりそうになって、研吾はようやく身体《からだ》をかわした拍子《ひょうし》に壁《かべ》に額をぶつけ、いててて…、と頭を押さえる。

しかし、予期せぬことに驚《おどろ》いたのはむこうも同様のようだった。

「なっ…なんだ、君は！」

叫《さけ》んだ男の声に、聞き覚えはある。

高等部の、確か進路担当の教師。田巻《たまき》だった。

神経質そうな、瘦《や》せた五十過ぎの男だ。生物が担当教科だったと思うが、研吾は幸いにも受け持ちではない。

厳しい、というか、どこか粘着質《ねんちゃくしつ》な雰囲気《ふんいき》に、あまり人気のある教師ではなかった。

「こんなところで何をしているっ？」

甲高《かんだか》い声で、どこか頭ごなしに怒鳴《どな》られ、研吾はとまどうと同時に、ちょっと反感を覚えた。

思わずムッと顔を上げた研吾は、田巻の背後でハッとしたように一瞬《いっしゅん》、研吾を見つめ、そしてあわてて逆方向へ走り出した男をちらりと見た。

見覚えのある顔……のようではある。

一年ではない。二年か三年の……、研吾が直接知っているクラブの先輩《せんぱい》、とかいうのではなく、一般《いっぱん》的に知られている顔、という感じだ。

とはいえ、すぐに名前を思い出せないくらいだから、ビッグネーム、というわけでもないのだろう。

——誰だっけ……？

ぼんやりと考えこんだ研吾の頭上で、田巻がさらに声を上げた。

「なんだね、この野良《のら》ネコは！」

その言葉に、さすがにやばいっ、と研吾は首を縮める。

「君は校内でネコを飼っているのかね？」

あからさまに非難をこめた声で、田巻がつめよってくる。

「え…、それは……」

言葉をつまらせた研吾に、田巻がいくぶん落ち着きをとりもどしたように腕《うで》を組んだ。

「クラスと名前を言いなさい」

厳しく問いつめられて、研吾は躊躇《ちゅうちょ》する。

「まったく、どういうつもりだ？　学園内で野良ネコを繁殖《はんしょく》させるつもりか？」

さらにぶつぶつと言いながら、田巻は、この非常時にも暢気《のんき》に餌《えさ》を食べているミケに手を伸ばし、無造作に首根っこをつまみ上げた。

ミケが嫌《いや》がって、うなりながらバタバタと暴れている。

「保健所に連絡《れんらく》して、一掃《いっそう》しないといけないな」

——保健所？

冷ややかなその言葉に、研吾は思わず目を見張った。

「まっ、待ってっ！　待って下さいっ！」

そしてあわてて田巻の手に飛びついて、ミケをとりかえそうとする。

そんな、保健所だなんて。

連れていかれて、そのまま処分されてしまう——。

そう思うと、一気に血の気が失《う》せた。

しかし田巻は、ミケをつかんだままぶんっ、と腕をまわし、うっとうしそうに研吾をふり払《はら》った。

「ええいっ…、邪魔だ！」

「待てよっ！　そのネコは……！」

すでに教師に対する言葉でもなく、必死にとりすがった研吾の耳に、悲鳴のようなミケの鳴き声が響《ひび》いてくる。

――と。

「すみません、田巻先生」

いきなり、ひやりと静かな声が背中から聞こえた。

田巻も研吾も、一瞬、動きが止まる。

ハッとふり返った研吾の視線の先には、夏目が立っていた。

この場の空気に似つかわしくない、穏《おだ》やかな笑《え》みをたたえている。

「こ、これは、夏目先生……」

どこかそわそわと、田巻が表情をあらためた。

あわてて張りつけたような田巻の笑顔にうなずき、夏目は今気がついたように、ミケに目をやる。

「おや…、そのネコは？」

「いや、ただの野良ネコだ」

ふん、田巻が鼻を鳴らす。

「まったくけしからんな！　保健所に引きとってもらうよ」

「ちょっ…、待てよ！」

泣きそうになりながら、研吾がとりすがった。

そんな二人の様子がわからないわけではないはずだが、夏目はそのまま近づいてくると、ふっと田巻の手の中をのぞきこむようにした。

「可愛《かわい》いですね」

そうつぶやいて、するりと手を伸《の》ばす。

つられるように、田巻はミケを夏目の手に渡《わた》していた。

気が気ではなく、あっ、と研吾は、ミケと一緒《いっしょ》になって夏目の方へ身を乗り出す。

夏目は手の中でミケの頭から背中を撫《な》でながら、つい、と顔を上げた。

「……ところで、おいそがしいところ申し訳ありませんが、今ちょっとお時間をよろしいですか？」

丁重《ていちょう》なその口調に、田巻が大きくうなずいた。

「ええ、もちろんかまいませんとも。ちょうどよかった」

田巻の方にも用があったのか。

少しばかり機嫌《きげん》がよくなっていた。

「それではお手数をおかけして申し訳ありませんが」

夏目の方も笑顔でそう言うと、本当に何気なく、手の中のネコを横にいた研吾に手渡す。

突然《とつぜん》のことに、えっ？　と思いながらも、研吾はあわててミケを受けとった。

そして、夏目は田巻をうながすようにすると、そのまま二人で歩いていってしまった。

なんだか、キツネにつままれたようだ。

――もしかして、助けてくれたんだろうか……？

それでもようやくそれに思いあたる。

ミケを抱《だ》いたまま、研吾はどこか不思議な思いでその後ろ姿を見送った……。


つまり、自分と、ミケと。

一人と一匹《ぴき》の身を、夏目は助けてくれたことには、なる。

――一応。

ううむ…、と研吾は考えこんだ。

もっとも自分の場合は、助けてもらったのか、単に食指が動いたから結果的に助けてくれたのか、そのへんはアヤシイところだ。

しかし考えてみれば、夏目は研吾にバイトを辞《や》めさせるために抱いた——わけで。

——あれ？

いやしかし、結局、ロストバージンしてしまったのだから、結果的には最初の男たちのしようとしていたことと同じわけで。

とても助かった、と言える状態ではない。

研吾はぶるぶるっと首をふった。

そうだ。騙《だま》されてはいけない。

あの男には、絶対に何かウラがあるのだ。

それを探《さぐ》り出さなければ。

しかし、あの日以来、バイトの行き帰りに注意してそのへんの様子をうかがってみるが、夏目の姿は見かけなかった。

夏目のマンションはわかっているわけだが、しかし張り込みをするにもさすがに学生の身では時間に融通《ゆうずう》がきかない。

やはり、校内で見かけることが一番多いわけで、自然と研吾は夏目を目で追うようになっていた。

そして、小さなカメラをいつも持ち歩くようにした。

被写体《ひしゃたい》、というわけではないが、ファインダーを通すといろいろと新しい発見もある。

いくぶん冷たく見える冴《さ》えた容姿で、しかし人当たりのよい夏目は、教職員の間でも評判は上々だった。もちろん有能な校医で、あっという間に懸案《けんあん》だった全校生徒の医療《いりょう》データをベース化してしまったらしい。

医者の家系の適齢《てきれい》期《き》の独身男、しかも顔も頭もAランク、となると、さすがにまわりもかしましい。とはいえ、この学園ではそういう玉《たま》の輿《こし》のターゲットも多種多様で、一極集中しないのはいいところなのだろう。

手元に、ファインダー越《ご》しの、いろんな夏目が集まってくる。

やはり担《かつ》ぎこまれたケガ人を見る目は真剣《しんけん》で。病人にかける言葉は優《やさ》しくて。女生徒に囲まれているときはちょっと気どっているようで。同僚《どうりょう》相手に談笑《だんしょう》するときは、やはり落ち着いたおとなの雰囲《ふんい》気《き》を見せていた。

――あのときに見た黒のスーツも似合っていないことはなかったけど、やっぱり白衣の方が似合ってるかな……。

ふっと、そんなことを思いながら、ジコジコとフィルムを入れ直したカメラを巻き上げていると、いきなり頭上から声が落ちてきた。

「……君は私のストーカーかな？　榎木田研吾くん」

保健室の窓の下――である。

うわっ、と飛び上がって研吾が見上げると、窓枠《まどわく》に肘《ひじ》をついて、にやにやと夏目が笑っていた。

どうやら、夏目のまわりをうろうろして隠《かく》し撮《ど》りしていたこともバレていたらしい。

腹を決めて、研吾は開き直ることにした。

「あんたの悪事の証拠《しょうこ》をつかむ、っていったろ？　俺、本気だからなっ」

「悪事があると決めつけられるのは心外だな」

器用に片方の眉《まゆ》を上げて、夏目が言う。

「私は公明正大に人生を歩んでいるつもりだが」

「あんたが俺にしたこと一つとったって悪事だろ」

研吾は冷ややかに指摘《してき》する。

そして、思いきり恨《うら》みをこめた目つきでにらみつけた。

「ケツが壊《こわ》れるくらい痛かったんだからなっ」

しかし夏目は顔色一つ変えず、さらりと返してきた。

「私もどこかの山猫《やまねこ》に背中をかきむしられて、日焼けしたのかと思うほど痛かったね」

ぐっ、と研吾は返事につまった。

そんなことをした覚えもなかったが……しかし、しなかった、という確証もない。

なにしろあのときのことは、本当にろくに覚えていないのだ。

――いや、しかし、もとはといえばコイツが悪いのであって、そんなことで責められるいわれはまったくない。

「中に入ってきなさい。お茶くらい出して上げよう」

そう言われて、研吾はへっ？　と思う。

「悪事の証拠をつかむんだろう？　なるたけ近くにいた方がいいんじゃないのか？」

くすくすと笑われて、ムッとしながらも研吾は角をまわりこんだところにある校舎への通用口から中へと入った。

保健室には、外からの出入りも容易なように、専用の玄関口《げんかんぐち》があるのだ。

「……いーのかよ？　俺を中に入れたりして」

「別につかまれて困るようなしっぽはないからね。ネコと違《ちが》って」

上目づかいに尋《たず》ねた研吾に、夏目はくすり、と笑った。

やはりこの間、ミケを助けてくれたのは意図したことだったらしい。

というか、ネコを助けたことは覚えているのに、自分を抱いたことを忘れる、というのはどういう了見《りょうけん》だっ、という感じだ。

夏目は奥のドアを開けた隣《となり》の――キッチンスペースなのだろう、そこでお湯を沸《わ》かし、本当にコーヒーを淹《い》れてくれた。

研吾は図々《ずうずう》しくリクエストして、半分牛乳を入れたミルクコーヒーという状態だったが。

それを待っている間、患者《かんじゃ》用の丸いイスにすわってくるくるまわりながら、あたりを見まわした。

かなり広い室内で、今はカーテンの開かれた奥にベッドが二つ。広めの作業デスクの横にはパソコンデスク。そして、いくつかの書類ロッカーなどが整然とおかれている。

さっき研吾がのぞいていた窓の他《ほか》にもう一方が大きな窓で、いっぱいに光が射《さ》しこむ明るい室内だった。

「どうぞ」

と、マグカップののった小さなトレイごと渡《わた》されて、研吾はあわてて両手で受けとった。

一緒《いっしょ》に出された菓子《かし》は、どうやら手作りらしいマドレーヌとクッキーで、研吾は可愛《かわい》くラッピングされたそれをにらむように見つめた。

「もらいものだが、別に毒は入っていないと思うが」

自分のイスに腰《こし》を下ろしながらいくぶんあきれたように言われて、別にそんなことを心配していたわけでもない研吾は、なんだか微妙《びみょう》な気持ちでマドレーヌを口に入れた。

結構、うまい。

「誰《だれ》かのプレゼント？」

何気ないふうに尋ねた研吾に、ああ、と軽く答えが返る。

「この間、面倒《めんどう》を見てやった生徒のね。……何かな、その目は？」

うさんくさそうな研吾の眼差《まなざ》しに、夏目がいささか憮然《ぶぜん》と尋ねた。

「あんた、女生徒にも手を出してんの？」

いや、案外、これを作ったのが女だと決めつけてはいけないのかもしれないが。男だって、菓子作りをしないとも限らない。

一真も、寮《りょう》ではデザートなども作っているようだし。

「人聞きの悪い」

夏目が嘆息《たんそく》した。

「女生徒にも、手を出したりはしてないよ」

にも、のあたりを強調して、夏目が答える。

どうやら研吾の嫌味《いやみ》も通じてはいたらしい。

「んじゃ、俺にしたことは何なんだよっ？」

しかしとても納得《なっとく》できずに言い返した研吾に、夏目は軽く肩《かた》をすくめた。

「あれはお仕置き、というんだよ」

「はぁっ？」

その言葉に、研吾は思わず声を上げていた。

「またお仕置きされたくなければ、私のまわりをちょろちょろするのはやめなさい」

そしていくぶん厳しく続けられて、研吾はカッとなった。

怒《いか》り、なのか、何なのか、頬《ほお》が熱くなる。

ふいにあの夜の、夏目の腕《うで》の強さを全身に思い出して、ざわっと身体《からだ》の中で何かが騒《さわ》ぎ出すようだった。

「てめぇ…、訴《うった》えるぞっ、この淫行《いんこう》教師っ」

思わず拳《こぶし》を握《にぎ》りしめた研吾に、何を言ってもこたえそうにない夏目が、ふっと一瞬《いっしゅん》、苦々しい表情を作った。

「厳密には教師ではないけどね。……まあ、やってみたまえ」

それでもさらりと返してくる。

「君が未成年のくせにあんな場所で働いていることから、ずるずると芋《いも》づる式に全部表沙汰《おもてざた》になるわけだ。男に暴行されたとなると、そこそこのニュースバリューだ。ましてや、被害者《ひがいしゃ》が君ならね。両親の名声に結構な箔《はく》がつくだろうな。母親は確か、アナウンサーだったか？　自分の息子《むすこ》の報道を自分でできる機会などめったにないだろう」

「きっ…汚《き》ったねぇ……」

むかむかとしながら、研吾は低くうめいた。

そっちがその気なら——。

「学校中にあんたが男好きだってばらすぞっ」

「ほう…。仮にも報道の職に就《つ》きたいと希望する人間が、マイノリティを差別するような発言をするとはね」

指先で眼鏡《めがね》を直しながら、夏目が淡々《たんたん》といった。

まったくこたえた様子はない。

そして、そう言われてしまうと、研吾もぐっ、と言葉につまった。

――自分のしたことは棚《たな》に上げやがって……っ。

「ごちそうさまっ」

がしっとトレイを突《つ》き返し、研吾は立ち上がった。

「おそまつさま」

夏目がひょうひょうとそれを受けとる。

「また好きなときにおいで。このくらいならごちそうして上げよう。――しかし」

ふっとそう言った夏目のトーンが変わる。

「もし、今度、夜に私を見かけても声はかけるな。もちろん、あとをついてこようなんて考えるなよ。……自分の身が可愛ければな」

研吾は思わず、ごくっと唾《つば》を飲み下した。

冗談《じょうだん》、ではない――脅《おど》し、だ。

これは明らかに。

……いったいこいつにはどんな秘密があるんだ……？

◇　◇

報道は、やはり真実を追究することにこそ、その本質があるわけで。

どんなにクギを刺されようと、研吾はあきらめるつもりはなかった。

いや、むしろ、ますます興味がつのる。

もちろん、あんな脅しに屈することなんかできない。

……お仕置き、というのを考えると、たじろがないわけでもなかったが。

しかしこうなったら、夏目が音を上げて降参するまでつきまとうしかない、という気もしてくる。

またおいで、と、社交辞令かもしれないが、そう言われたのをいいことに、研吾はあれから時々、保健室に顔を出すようになっていた。

「いいかげん、白状しろよ」

と、つっつく研吾に、

「じっくり監視《かんし》して、私の人間性について考えをあらためてほしいね」

と、白々しく夏目はとぼける。

「まあ、ストーカーも学園内だけにしておけよ」

しかしそうつけ足した男に、研吾はうさんくさい眼差しを向けた。

「……やっぱ、外でされて困ることがあるんだ？」

うかがうように尋《たず》ねると、夏目がため息をついた。

「そうじゃない」

と答えながらも、どこか空々しい。

放課後の保健室で、ただ夏目を監視しているのも手持ちぶさたなので、研吾は夏目の仕事を手伝ってやっていた。

うっかりその中に、夏目のウラの顔が見えることもあるかもしれない。

用がない者は出入り禁止、の立前にはしているが、やはり入れ替《か》わり立ち替わり、客――患者に限らず――は多かった。

一度など、おそろしく興奮した男子生徒が教師二人がかりで押さえこまれて、運ばれてきたことがある。

興奮した、というよりも、錯乱《さくらん》した、と言った方がいいようなめちゃくちゃな状態で、支離《しり》滅裂《めつれつ》なことを口走りながら暴れまくっていた。

さらにはどういう怪我《けが》なのか……おそらくは、ガラスにでも手を突っ込んだようで、手の甲《こう》から腕にかけて血まみれになっていた。

その、のどかな学園生活とはかけ離《はな》れた異常な光景に飲まれて、研吾はただ立ちつくすしかなかった。

しかしさすがに夏目はその対処もわかっていたようで、すぐに処置を始めたが、研吾はそれを見る前に、邪魔《じやま》だ、と保険室から追い出されてしまった。

正直なところ、ちぇーっ、と思う。

せっかく夏目の、まともな医者らしい姿も見られるか、と思って、不謹慎《ふきんしん》だが、ちょっとワクワクしてしまったのに。

校内での病気や怪我なんか、たいていはたいしたことはない。

必然的に、ふだん夏目は腕のふるいようもないわけだ。――もっともふるう腕があれば、の話だが。

しかし夏目自身は、それを苦にしているようでも、今の仕事に退屈《たいくつ》しているようでもなかった。

「せんせぇ～、指、切っちゃった」

と、甘ったるい声で飛びこんできた女生徒に優《やさ》しくカットバンを貼《は》ってやり、どっちがついでなのか、ひとしきりたわいもないグチを聞いてやる。

怪我《けが》というのも針で刺したようなちっちゃな傷で、そんなのなめときゃ治る、と横で研吾は
ぶぜんとしたものだが。

そうでなくとも、女生徒にはやけに親切《き》で。

「私はフェミニストなんだよ」

と、恥《は》ずかしげもなく夏目は言ったが。

「男好きのくせに…。カモフラージュなんじゃないのか」

消毒用のガーゼを一定の幅《はば》に切りながら、疑《うたぐ》り深く研吾は決めつけた。

「別に女の子が嫌《きら》いなわけじゃない。見ていて可愛《かわい》いだろう?」

「んだよ…、単なるエロオヤジかよ…」

なぜかちょっとおもしろくない気分で、研吾はうなる。

「三十前の美青年を捕《つか》まえて、オヤジはないと思うがね」

夏目が嘆息した。

「ビセーネン」

「ふるいつきたくなるような美青年だろうが」

ケッ、と吐《は》き出した研吾に、夏目がすかして言った。

「こうやって君に独占《どくせん》させてあげているんだから、ありがたく頂戴《ちょうだい》しなさい」

「ほざけっ」

勝手な言い分に、ハサミを握りしめて研吾は男をにらんだ。

「君には危機感がないねぇ…」

それを見返して、夏目がくすくすと笑う。

「私がそういう男だとわかっていて、いつでも使えるベッドが二つもあるところにのこのこやってくるとは。しかも君の可愛いお尻《しり》を知っている男のところに、だ」

言われて初めてそのことに気づき、研吾はうっ、と固まった。

よりにもよって夏目に指摘《してき》されることではないが、まったくその通りな気がする。

「……なんだよ。学校で襲《おそ》う気かよ……？」

心持ちジリジリとイスごと後ろへ下がりながら、研吾が上目づかいに警戒《けいかい》するような視線を突きつける。

しかし夏目はあっさりと言った。

「あいにく、嫌《いや》がる子供に手を出す趣味《しゅみ》はないね」

「ウソつけっ」

思わず、研吾は叫《さけ》んだ。

それに、にやり、と夏目がつけ足す。

「聞き分けのない子供に、優しく指導する趣味はあるけどね」

ぞわっ、と背筋に悪寒《おかん》が走ったのは言うまでもない………。

「――研吾くーん！」

「あ、はい！」

支配人に呼ばれて、研吾はあわててとりに来た酒瓶《さかびん》を抱《かか》えて店にもどる。

あたりまえだが、研吾は週末のバイトを辞《や》めてはいなかった。

夏目に対する意地もあるし――すでに代償《だいしょう》のように初体験は奪《うば》われているのだ。今さら辞めてやる必要などない――もちろん、新しいカメラのために金をためる必要もある。

週末の数時間だけ、という、労働条件で働けるところもめったにないし、その少ない労働時間でこれだけ稼《かせ》げるバイトはそうそう見つからないだろう。辞めてしまうのはあまりにもったいない。

それでも、さすがに用心してあのつかまった事務所のあたりには近づかなかったが、通りがかるたび、遠くからチラチラと眺《なが》めてはいた。

やはりあまり人が出入りしているふうではなかったが、時折、あたりを気にしつつ、入っていく男女の姿を見かける。

二十歳《はたち》くらいの若い男から、五十過ぎのオッサンまで、年齢《ねんれい》もさまざまだ。

警察に届けた方がいいんだろうか…、と真剣《しんけん》に思わないでもなかったが、しかし実際に何が行われているのかもまったくわからないではとりあってくれないかもしれない。

夏目なら、知っているはずで——しかし、とても口を割りそうにもない。

このところ、放課後を保健室で過ごしている研吾は、夏目ともかなりいろいろと話すようになっていた。

時々、探《さぐ》りを入れてみるが、それでも口は堅《かた》い。

あまり成果のない「ストーカー」だったが、それでも夏目としゃべるのは結構、楽しい気がしていた。

かなりからかわれている——というか、あしらわれている気がしないでもないが、自分と話しているときの夏目は、他《ほか》の生徒たちを診《み》ているときとはぜんぜん違《ちが》うし、他の先生と話しているときも違う。

治療《ちりょう》も丁寧《ていねい》で、真面目《まじめ》で頼《たよ》りがいのある校医は、研吾の前では結構、くずれている。

まあ、最初に会ったのがあんなところでは、それも当然、なのかもしれないが。

軽口をたたいてくる夏目とやり合うのもどこかワクワクするし、肝心《かんじん》なことは教えてくれなかったが、それ以外のことはいろいろとタメになる話もある。

医療現場の実話とか、夜の街で働く人間の日常とか。

しかしそのへんにくわしい、というのは、やはり遊び歩いている証拠《しょうこ》だろうか。

頼《たの》まれた酒をカウンターの中へ運びこむと、上がっていいよ、と支配人から声がかかる。

時計を見ると、まだ九時を過ぎたばかりだった。ずいぶん早い。

「いいんですか？」

「うん。今日はうちも早じまいするからね」

確認《かくにん》した研吾に、支配人がそう答えてくる。

このところ、研吾はなぜか早く上がらせてもらえることが多くて、まあ、それで給料が同じならラッキー、なのだが、ちょっと申し訳ない気もする。

しかし断る理由はないわけで、研吾は「じゃ、お先に失礼しまーす」と挨拶《あいさつ》を残して、表から引き上げた。

この間、研吾が拉致《らち》られたときには、服も財布《さいふ》も何もかも残したままいなくなっていたので、ずいぶんと心配されてしまった。

急に用を思い出して、とごまかしたが、どこまで信じているのか。

この店ではあまりないが、入れこんだ客が帰りを待ち伏《ぶ》せしてせまってくるような話も聞くので、案外そのあたりを心配して、早めに上がらせてくれているのかもしれない。

だが、今日は特に、ありがたかった。

更衣室《こういしつ》にもどると、研吾は割り当てられた自分のロッカーをそっと開く。

と、みぁ…、と小さな鳴き声が聞こえてきた。

「よしよし」

手を伸《の》ばして、研吾はすくい上げるようにバスケットの中からミケをとり出す。

金曜日の今日、学校帰りにそのままバイトに来た研吾だったが、今日はミケを連れて帰っていたのだ。

この週末、父親はロード、母親は海外出張が重なって、家には誰《だれ》もいない。

で、この機会に、ミケをお泊《と》まりさせてやろう、と思っていた。

研吾は急いでエプロンをはずし、仕事着を私服に着替《きが》えると、月ノ森の制服の入ったスポーツバッグの上に、バスケットをそっとのせた。

「もうちょっと、がまんしてくれよ」

そう声をかけると、浅めにチャックを引き、そっと揺《ゆ》らさないようにバッグを手にとると、廊下《ろうか》ですれ違った仕事仲間や支配人に声をかけて店を出た。

そしてもよりの駅で電車を降りると、ようやくバッグを開けてミケを外へ出してやった。

いい子でおとなしくしていたミケは、きょときょとと首を動かす。

「さあ、今日はごちそう食わしてやるからな」

そう言いながら、ミケを腕《うで》に抱き直《だ》し、研吾は家に向かった。

その、途中《とちゅう》。

公園のそばを通ったときだった。

すれ違った大型犬に、わんわんわんっっ！　と吠《ほ》えたてられ、研吾も驚《おどろ》いたが、それよりもミケの方が泡《あわ》を食ったようだった。

そして、いきなり研吾の腕の中から飛び出したのだ。

「ミケ！」

あわてて研吾は追いかけた。

こんな不慣れな土地でうろうろしては、あっという間に迷子《まいご》になってしまう。

いや、もともと野良《のら》ではあるのだが、ミケのテリトリーはほとんどが学園内なのだ。

しかも、ミケは公園の中の方へではなく、反対側に走り出していた。

住宅街で、この時間ならそれほど車が多い通りではない。

しかし、間が悪かった。

あっ、と思ったときには、真正面から車のヘッドライトがぐんぐんと近づいてきて、あっという間に研吾の視界を覆《おお》い尽《つ》くした。

キュウゥゥ……！　というきしむような、こすれるような音がする。

前に飛び出してきた小さな影《かげ》に気づいたのか、車は急ハンドルを切り、まばゆいライトが変な具合に乱れた。

しかし止まることなく、車はそのまま行きすぎる。

一瞬《いっしゅん》、息の止まった研吾は、次の瞬間、あわてて道路に飛び出した。

「ミケ……！」

道路の片隅《かたすみ》で、小さな身体《からだ》が横たわっていた。

腹のあたりが大きく上下しているところを見ると、まだ生きてはいるらしい。

──しかし。

研吾は思わず息を飲んだ。

アスファルトには赤いシミが溢《あふ》れていた。

ヒクヒクと動くまだらの毛皮にも、べっとりと血の痕《あと》がある。

──ど…どうしよう……？

研吾は混乱した。

怪我《けが》をしているのは間違いない。

「い…医者…っ、病院、行かなきゃ…っ！」

とっさにそれだけは思いつく。

しかしペットを飼っていない研吾は、このあたりのどこに動物病院があるのか、まったくわからなかった。

どうしよう……どうしよう、とおろおろした研吾の頭に、一人の男の顔が浮《う》かぶ。

──医者……。そうだ、あれも医者には違いない。

そう思いつくと、研吾はあわてて取り落としていたバッグの中から携帯《けいたい》を探し出した。

別に知りたくもなかったのだが、この間、夏目が勝手に自分の携帯番号を登録していたのを、研吾も覚えていた。

「夏目…っ、夏目…っ！」

もしもし、と聞き慣れた男の声が出た瞬間、研吾は叫《さけ》んでいた。

「研吾？」

その研吾の切迫《せっぱく》した声にか、夏目の方もいくぶん緊張《きんちょう》した口調になっていた。

「ど…どうしようっ」

「おい、どうした？　また何か……」

「ミケ……ミケが……」

そううめいた研吾に、ミケ？　といくぶん気が抜《ぬ》けたような声が返ってくる。

それに研吾はカッとなった。

「ミケだよっ、バカっ！　ミケが車にはねられてっ。血だらけなんだよっ！」

怒鳴《どな》りつけるように研吾はわめいていた。

しかし夏目の方は、ハァ…、となかばあきれたような大きなため息をついた。

「なんだ……おまえじゃないのか」

「なんだじゃないだろっ！」

しかし研吾は涙声《なみだごえ》になっていた。

「あんた、医者だろ!?　なんとかしろよっ！」

「俺の専門は霊長類《れいちょうるい》ヒト目ヒト科なんだが」

「この藪《やぶ》医者っっっ！」

そののんびりとした答えに、研吾は携帯にかじりつくようにしてわめき散らした。

「……わかった、わかった」

あきらめたように、夏目が答える。

「見てやるから、連れてこい」

「う…う、動かしたら…っ、死ぬ…死ぬかもしんない…っ」

しゃくり上げるように訴《うった》えた研吾に、ハァ、とさらに深いため息を夏目がついた。

「今どこだ？」

それに急いであたりを確認して、研吾が伝える。

「そうだな…、十五分くらいで行ってやる。待ってろ」

そう言うと、ぷつり、と電話は切れた。

アスファルトの地面にすわりこんだまま、研吾はしばらく呆然《ぼうぜん》と携帯を眺《なが》めてしまった。

――来て……くれる……のか？

それにちょっとホッとして、でも落ち着かなく夏目を待ちながら、研吾はそっとミケの腹を撫《な》でながら「がんばれよ」と声をかけ続けた。

やがて、シルバーのマセラティが静かに路肩《ろかた》に停車する。

パタン…、とドアの閉じる音にようやく気づいて、研吾ははっとふり返った。

少し離《はな》れた街灯《がいとう》の薄明《うすあ》かりの中に、ぼんやりと見知った影《かげ》が浮《う》かび上がる。

「遅《おそ》いっっ！」

だらだらと歩いてくる夏目に研吾は叫《さけ》んだが、実際には十分ちょっとしかかかっていなかった。

はいはい、と軽くかわしながら、夏目は研吾の横にしゃがみこむ。

切迫感がないのが腹立たしい。

「まだ生きてるのか？」

無神経に聞かれて、研吾はかみつくようにわめいた。

「生きてるよっっ！」

それにふむふむ、とうなずき、夏目はミケの毛皮を指先であたっていった。触診《しょくしん》、というのか。

そして前脚《あし》の片方を軽く持ち上げたり、頭をちょっと動かしたりしてから、立ち上がった。

「とりあえず、場所を移すか。もっと明るいところじゃないとね」

「だっ…大丈夫《だいじょうぶ》なのかっ？　なあっ!?」

つめよった研吾に、夏目は軽く肩をすくめた。

「重傷だな。出血もあるし」

あっさりと言われて、研吾は真っ青になる。

「そんな……！　どうにかしろよ！」

夏目の胸元《むなもと》をつかんで、ガクガクと揺《ゆ》さぶった。

「どうにかしてほしいか？」

夏目がちろり、と意味深な眼差《まなざ》しで見つめてくる。

「あたりまえだろっ！」

しかし研吾はそんな意味も考えられず、ただ思いきりうなずいた。

「だったら、……そうだな。『お願いします、先生。助けてください。助けてくれたらなんでもします』って言ってみろ」

「な…っ」

にやにやと笑われて、研吾の頭にカーッと血がのぼった。

怒《いか》りと、そしてその言われた内容のバカバカしさに。

いったい……いったい、この非常時に何を言ってるんだっ！

というか、何を言わせるつもりだっ！

と思うと、どうにも情けない気持ちになってくる。

「夏目っ！　あ…あんたな……っ！」

思わず、顔を真っ赤にして怒鳴《どな》った研吾に、夏目は楽しげに顎《あご》を撫《な》でる。

「ほらほら。早く言わないと、治療《ちりょう》が遅《おく》れてネコが死んでしまうぞ？　いいのか？」

しかしそう言われて、研吾は思わず地面で苦しそうに横たわるミケを見下ろした。

「ひ…卑怯《ひきょう》だろ…っ、そんなの！」

半分泣きそうになりながら、研吾は抗議《こうぎ》する。

「人生は厳しいんだよ、研吾くん。世の中、ボランティアなスーパーマンやスパイダーマンばかりじゃない。呼べば助けてもらえると思うのは大きな間違《まちが》いだね」

冗談《じょうだん》を言っているのか、現実を教えているのか、まったくわからない。

考える余裕《よゆう》もない。

「言葉一つで助けてもらえるなら、安いものじゃないか？」

くすり、と笑ってそう誘《さそ》う夏目を、研吾は唇《くちびる》をかんだままにらみつけた。

安い高いの問題じゃない。

夏目にはわかっているのだ。

初めから研吾には選択肢《せんたくし》はない。

悔《くや》しいけど。めちゃくちゃ、悔しいけど。

「……助けてよ」

ぎゅっと拳《こぶし》を握《にぎ》って、絞《しぼ》り出すように研吾は言った。

「助けてくれたら何でもします、は？」

うながされて、さすがに研吾は躊躇《ちゅうちょ》した。

何でも、って。

「何、させる気なんだよ……？」

やはりそんな不安、と、疑惑《ぎわく》が胸に湧《わ》き出してくる。

「それはあとにとっておこう。いろいろと検討してみたいしね」

しかし意地悪く、夏目は笑っただけだった。

上目づかいに男をにらみながら、しかし他《ほか》にどうしようもなく、研吾は「何でもします」とうめくように口にする。

「楽しみだね」

満足そうにそう言うと、夏目はミケをおいたまま車にもどっていった。

「……なっ、おい！　夏目！」

あわてて叫んだ研吾にかまわず、夏目はドアを開け、しかしタオルを一枚持ってもどると、地面に広げる。

やっと治療……してくれるんだろうか？

息をつめてその手元をのぞきこんだ研吾の前で、夏目はそっとミケの身体《からだ》を持ち上げて、大きめのスポーツタオルでくるみこむ。

「ど…どうなんだっ？　助かりそう？」

気が気ではなく尋《たず》ねた研吾に、夏目は淡々《たんたん》と口を開いた。

「ネコがどのくらいで出血死するのか、私にははっきりと言えないが、まあ、このネコの身体の大きさから見て、この量なら死ぬことはないだろう」

「……へっ？」

あっさりと返った答えに、研吾は呆気《あっけ》にとられる。

「脚の骨が折れているようだが、肋骨とか骨盤《こつばん》あたりは無事のようだし、内臓を傷つけてもいない。運がいいな。ひかれたわけじゃなくて、飛ばされたか、あわてて飛び逃《に》げて着地に失敗したんだろう。そのときにどこかに引っかけたのか、ちょっと腹がえぐれてるけどね」

……って、どういうことだ？

夏目はミケを包んだタオルを両手に抱《かか》えて立ち上がる。

そして、研吾を見て、くすっと笑った。

「専門じゃないからはっきりとは言えないが、まあ、命に別状はないだろう。ひょっとしたら、出血性のショック死とかいうのがネコにもあるのかもしれんが」

「な……」

その言葉に、研吾は絶句した。

命に別状はない――？

って、ことは。

「だましたな――――っ!?」

研吾は思いきり叫び出した。

また、だまされたのだ!

「別にだましてはいないだろう。骨折なら重傷だし、どうにかしてやることには違いないんだからね」

白々しく夏目は言って、スタスタと歩き出した。

「とりあえず、私の家に連れていこうか。一通りの治療はしておいた方がいいだろう」

研吾はカバンを拾い上げて、あわててそれを追いかける。

「乗りなさい」

車のところで、一緒《いっしょ》に行っていいのか躊躇した研吾に、夏目が顎で助手席を示す。

そして「持ってろ」と、おずおずと乗りこんできた研吾に、手に抱えていたミケをそっと渡《わた》した。

運転するのに邪魔《じゃま》なのだろう。

「カゴがあるなら入れておけ」

言われて、研吾はミケを入れていたバスケットに、タオルごとそっと落として、膝《ひざ》の上にしっかりと固定した。

夏目が車のエンジンをかける。

夜間の空《す》いている時間帯のせいか、スムーズに車は走り、ほどなく夏目のマンションに到《とう》着《ちゃく》した。

あの日以来の二度目——、だが、手の中のミケのことで頭がいっぱいだった研吾は、そんなことを考えるゆとりもない。

早く早くっ、とせかす研吾にかまわず、夏目は落ち着いて救急セットをとりだし、明るい中でミケを治療した。

血を洗い落とし、傷口を消毒して、薬をぬる。そして、折れた脚を固定するように小さなプレートをあて、針金で押さえつけると、その上から手際《てぎわ》よく包帯を巻いていった。

「——さ、いいだろう」

その声にようやく、研吾もほーっと肩《かた》から息を吐《は》き出す。

ようやく笑《え》みもこぼれ、力なく小さな声で鳴くミケの頭をそっと撫でて、よかったな…、とつぶやいた。

「ミケという名前なのか？」

汚《よご》れた手を洗ってきたのか、夏目がタオルでぬぐいながら尋ねてくる。

「三色以上あるようだが」

確かに、白、黒、茶、トラ、と微妙《びみょう》に混じっている。

「聞くなよ…、俺がつけたんじゃないし」

研吾は憮然《ぶぜん》と答えた。

実は研吾だってそう思ってはいたのだ。しかし佑士がそう信じこんでいるのだから仕方がない。

夏目が小さな皿にミルクを入れて持ってきてくれ、ミケは不自由な身体を起こして、それをぺちゃぺちゃとなめ始めた。

と、それをじっと見ていた研吾は、いきなり頬《ほお》に冷たいものを押しあてられて、ひゃっっ、と叫《さけ》んでいた。

「ほら」

夏目がグラスに入ったオレンジジュースを差し出してくれる。

「喉《のど》が渇《かわ》いただろう」

言われて、初めてそれに気づく。

実際、相当に喉は渇いていた。

「あ、ありがと」

と、受けとって、フルートグラスにはいったそれを、一気に飲み干した。

「今日は子供の飲み物があるんだ?」

飲んでから、思い出したようにそう言うと、最近はね、と夏目が小さく笑う。

……というのは、どういう意味なんだろう？

最近は、子供、が、この家に出入りしている、ということなのか。

そう思うと、ちょっと……何か、腹の中にわだかまる。

「さあ、治療《ちりょう》も終わったことだし、そろそろお楽しみの『何でも』をしてもらおうかな」

そして、思い出したように言われて、ビクッ、と研吾は肩を震《ふる》わせた。

ごくり、と唾《つば》を飲み下す。

なんでも、って、……やっぱりアレだろうか？

その内容を想像すると、顔がだんだんとほてってくるのがわかる。

「何、すればいいんだよ…？」

それでもびくついているのは悟《さと》られたくなくて、研吾は強気に言ってみせる。

「そうだねぇ…。何にしようかなあ。せっかくの『何でも』だしねえ…」

楽しげに言いながら、夏目はリビングを出てどこか別の部屋に入っていく。

なんだ？　と思っていると、大きめのカゴを持ってきて、さらにきれいなタオルと小さめの毛布のようなものも運んでくる。

「寝床《ねどこ》がいるだろう」

それを受けとりながら、あ、と研吾はそれに気づく。

「なあ。コイツ、治るまでどのくらいかかるんだ？」

そうだな、と夏目が腕《うで》を組む。

「どうかな。全治一ヶ月……か、ひょっとして二、三週間くらいか？　ネコの回復速度はわからんが」

……やっぱり。

と、研吾は大きな息を吐き出した。

少なくともそのくらいはかかるのだろう。

「どうした？」

困った顔をしてしまったんだろう。

夏目が尋ねてくる。

「だって…、コイツ、野良《のら》だし。この週末くらいしか、俺、家においとけない……」

その言葉に、夏目は軽く肩をすくめただけだった。

「野良ネコだって骨折くらいするだろうし、たいていは手当もされずにそのままだ。それでも生きていくんだから、問題はあるまい」

「そ…そうだけど！」

そう言われれば、言い返す言葉はない。

厳しい言葉だった。

クール、というのか、現実的、というのか。

おとなだから、というのかもしれないけど。

どうにもならないことに、研吾はちょっと割り切れない思いを感じながら、それでも今夜の寝床を作ってやる。

タオルを敷《し》いて、毛布を敷いて。

心地《ここち》よさそうな寝床を作ってから、ちょうどミルクも飲み終わり、眠《ねむ》そうにもぞもぞしているミケを抱《だ》きあげて、新しい場所に移してやる。

と、血のついたタオルが残って、それをつまんでふり向いたら、まともに夏目と目が合ってしまった。

じっと、自分の様子が見られていたらしいのに、なんだかドキドキする。

「こ、これ……どうする？」

それでもタオルを示してみせると、捨てていい、と言われたので、そのままくずかごに放りこんだ。

そしてもう一度、カゴの中で丸くなったミケをのぞきこんだ。

「せめて怪我《けが》が治るまでさ……」

どっかでみてくれればいいのに。

学園内の、どこか、人の来ない場所を探すしかないんだろうか。

そう考えていると、夏目がため息をついた。

「……いいだろう。治るまで、ここにおいててもいいぞ」

言われて、ハッと研吾はふり返った。

「え…、ホントに？」

「ああ」

「ネコ嫌いなんじゃないの？」

「別にそんなことはない。特に好きでもないが」

どうでもいいように夏目が答える。

「ここ、ペット禁止じゃない？」

「分譲《ぶんじょう》だからな」

重ねて尋《たず》ねた研吾に、さらりと返す。

「——ただし」

そして、にやり、と夏目が笑った。

「おまえがきちんと、『何でも』してくれたらな」

ぐっ、と研吾は言葉につまる。

そして上目づかいにうかがいながら、ちょっと唇《くちびる》をなめた。

「何……させる気だよ……？」

ようやく、押し出すようにして尋ねる。

それに、リビングの大きなソファにゆったりと腰《こし》を下ろしてから、夏目がそれこそネコを呼ぶように指で合図してきた。

逆らうわけにもいかず、そろそろと研吾は近づいていく。

「そんなにおびえないでほしいね」

くっくっ、と夏目が笑う。

「まるで私が無体なことをさせているようじゃないか？」

——させるつもりのくせにっ！

と、内心でわめきながらも、研吾は反射的に言い返した。

「お…おびえてなんかないだろっ」

それに、さらに夏目が楽しそうに笑《え》みを深くする。

「何、すればいいんだよっ？」

夏目の前——とは言っても、手が届かないくらいの距離《きょり》で仁王《におう》立ちして、ほとんどケンカ腰《ごし》に尋ねた研吾に、そうだな、と夏目がとぼけてみせた。

やっぱり……アレ、なんだろうか？

想像するだけで、心臓がバクバク言って、顔が赤らんでくる。

「何か、期待しているようだな？」

そんな研吾の様子に、夏目がおや、と言うように首をかしげる。

「だっだっ…誰《だれ》がっっ！　何の期待だよっっ！」

「じゃあ、そうだな」

そう言って、夏目はじっと研吾を見た。

そして微笑《ほほえ》む。

「ここへきて、私にキス、してもらおうか」

「えっ……？」

言われたその内容に、研吾は大きく目を見開いた。

「キ…キス……？」

……だけでいいのか？

「そう」

静かな答えに、研吾は一瞬《いっしゅん》、拍子抜《ひょうしぬ》けした。

それだけでいいのか…？

と、妙《みょう》に落ち着かない感じで、それでも研吾はおずおずと長い足を組んでソファでくつろぐ夏目のそばに近づいた。

しかし目の前までくると、どうやって、どこからキスしたらいいのかわからない。

いや、もちろん、口に……そのすればいいだけだろうが、こんなふうに真正面から顔を見られたままでなんて。

それでも一応、確認《かくにん》してみる。

「その一…、どこでも、いいの？」

「バカ。小学生じゃあるまいし、額や頬《ほお》にされて楽しいわけがあるか」

あっさりと言われて、……まあ、それはそうなのかもしれない。

「……まあ、ひざまずいて足にしたい、とか、もっと別の場所にしたい、というのなら考慮《こうりょ》してもかまわないが」

「別の場所って？」

考えつかず、きょとんと尋ねた研吾だったが、夏目は軽く肩《かた》をすくめた。

「まあ、わからなければその方がいいだろう」

なんだろ、と思わないでもなかったが、聞かない方がいいような気もする。うっかり聞くと、ボケツを掘《ほ》りそうで。

そして、おずおずと夏目の方に顔を近づけた。——が。

や…やりにくい。すごくやりにくい。

いや、もちろん、キスにだって慣れてはいないし、そういう問題もあるのだろう。なにしろ、ついこの間、この男を相手にファースト・キスを体験したばかりなのだ。

だがそれだけでなく、なんか、死ぬほど恥《は》ずかしい。

「目…閉じてろよっ。礼儀《れいぎ》じゃないのかっ」

思わずそうわめいた研吾に、夏目はあっさりと返した。

「それは個人の自由だろう？　第一、『何でも』してくれるのなら、私が目を開けたままでキスしてもらってもかまわないわけだしね」

それを言われるとそうなんだろうけど。

研吾の方が夏目の顔を見られなくて、あちこちに視線を漂《ただよ》わせたまま、夏目の前でもぞもぞと身体《からだ》を動かした。

「……ああ、言っておくが、口をつけただけでキスとかいうなよ？」

「えっ？」

その言葉に、研吾は思わず声を上げる。

じゃあ、どんなのをキスというんだ？　と真剣《しんけん》に考えてしまう。

その考えを読んだように、にやにやと笑いながら、夏目が続けた。

「バードキスなんかですまそうとするなよ、ということだ。ディープなヤツをしてもらわないとね」

「ディ…ディープっ？」

研吾の声がひっくり返る。

ディープ…って、ディープって、どんなのだ？

想像がつかない、というか、自分からどうやってそんなのをしたらいいのかわからない。どこからがディープで、どこまでがそうじゃないのか。

「もちろん、舌は入れてもらわないとな」

「しっしっしっ舌っっっ⁉」

研吾は思わず口元を片手で押さえた。

「できるかよっ、そんなことっ」

叫《さけ》び出した研吾に、夏目はクールに言い放った。

「できるに決まっているだろうが。口をつけて、舌を入れる。ツー・ステップのきわめて簡単な動作じゃないのか？」

そのすかした顔を、研吾はギッとにらみつける。

人が悪い。ほんっとに、とことん、人が悪い。

サイアクだ。

「さあ。早く」

しかしミケの治療《ちりょう》はしてもらって、それに、ここしばらくミケはここでやっかいになるわけで。

腕《うで》を伸《の》ばされて、研吾は意を決してそばによる。

「わっ」

と、いきなりぐいっと引かれて、ほとんど倒《たお》れこむように研吾は夏目の膝《ひざ》の上に乗りかかっていた。

突然《とつぜん》、間近に男の顔が迫《せま》ってきて、うわぁぁぁっ、と身体を引きかけるが、力ずくで引きもどされる。

「こらこら」

そして軽くいさめられる。

「キスは？」

ん？　と、軽く顎《あご》を出すようにして言われ、研吾はあたふたと視線をそらせた。

こんなに……こんなに、キス一つが恥ずかしいとは思わなかった。

だって、この男とは……その、セックスまで、しているのに。

してくれるんなら——されるのなら、こんなに恥ずかしくはないのだろう。

勝手に、力ずくでしてくるのなら。

でも、自分からするなんて。

「どうした？　やり方がわからないのか？」

泣きそうになった研吾に、夏目が優《やさ》しげに尋《たず》ねてくる。

肯定《こうてい》しているのか否定しているのか、自分でもわからないままに、研吾はぶるぶると首をふった。

「それじゃあ、最初に手本を見せてやろう」

えっ、と思って顔を上げたとたん、顎が片手ですくいとられる。

目の前に夏目の顔が大きく近づいてきた。

「あっ…」

思わず目を閉じた研吾の唇《くちびる》が、軽く、濡《ぬ》れたものでなぞられる。

何をされたのか……されているのか。

気がついたのは、さらに深く、しっとりとした熱が重なってきたときだった。

反射的に突《つ》き放そうともがいた腕は、あっさりとかわされ、逆に腋《わき》の下から差しこまれた両腕にぐっと背中を抱《だ》きよせられた。

ぴったりと身体がくっついて、夏目の体温がじわじわと肌《はだ》に沁《し》みこんでくる。

研吾は逃《のが》れようとするように顔を動かしたが、髪《かみ》をつかまれるようにしっかりと固定されて、ただ受け入れるしかない。

やがて、唇の間からこじ開けるようにしてやわらかいものが中へ入りこんできた。

「ん…っ」

容赦《ようしゃ》なくそれは口の中を這《は》いまわり、そして舌にからみついてくる。

「う……」

その得体の知れないヘンな感じは、しかし甘く吸い上げられ、優しく撫《な》でまわされて、次第《しだい》に別の感覚にすり替《か》わっていく。

息苦しさにわずかにあえぎ、少しでも楽なように、研吾は無意識に手を伸ばして男の肩にしがみついた。

息がつまるかと思ったとき、いったん解放され、大きくあえいだあと、さらに顎が引きよせられる。

抵抗《ていこう》するヒマも、罵倒《ばとう》する余裕《よゆう》も与《あた》えられない。

何度も何度もくり返され、合間にただ呼吸を求めて、やがてそのリズムに慣れたのか、少し息を継《つ》ぐことができるようになる
だんだんと身体から力が抜《ぬ》けてくる。

あやされるように唇をついばまれ、舌がからみ合う甘い感覚を、いつの間にか研吾は夢中になって追い求めていた。

何かに引きこまれるようだった。

キスがうまい、というのは、こういうことなんだろうか……？

ぼんやりと、そんなことが頭に浮《う》かんでくる。

「ん……」

どのくらいされていたのか、ようやく唇が離《はな》れ、大きく息を吸いこんで、研吾はうっすらと目を開けた。

終わり……なのか……？

そう思うと、ホッとしたような、ちょっともの足りないような、ヘンな気持ちだった。

自分を見つめる、小さく微笑《ほほえ》んだ夏目の眼差《まなざ》し。

いつになく優しい気がする。

そして夏目は指を伸ばして、研吾の唇の端《はし》からこぼれ落ちた唾液《だえき》をぬぐってくれた。

「あ……」

それにようやく我に返る。

うわっ、とすごい勢いで身体を離した瞬間《しゅんかん》、夏目の膝に乗っていた研吾はバランスをくずし、背中から倒れかける。

「おっと」

それを夏目の腕があやうく支え、研吾はさらに深く抱きこまれた。

夏目の腰《こし》をはさみこむようにして、その膝にすわりこんだ状態だ。

「ほら…、やってみろ。簡単だろうが」

そして顔をのぞきこまれ、喉《のど》で笑うように言われて、研吾は思わず目をそむけた。

簡単じゃない……。

こんなの、ぜんぜん簡単じゃなかった。

「……だって……いいだろ……もうしたんだし…っ！」

そううめくように言った研吾に、夏目はあっさりと返してきた。

「おまえからしないと意味がないだろう」

「同じだろっ、どっちでもっ」

さらりと言いきられて、でも研吾には何が違うのか、まったくわからない。

「全然違《ちが》うね」

「ほら」

夏目が両腕を後ろにまわし、しっかりと腰を支えて、まるで小さな子供が抱っこされているような感じだ。

いたたまれなくて、すぐにでも降りたかったが、……キス、しないと、放してくれそうにない。

うながされて、研吾はどうしようもなく顔を上げた。

そして視線はそらしたまま、おずおずと夏目の肩《かた》に手をかける。

顔を真っ赤にしたまま、研吾はようやく顔を目の前の男に近づけた。

「眼鏡《めがね》をとって」

ふいに言われて、研吾は震《ふる》える手で夏目の眼鏡をはずす。

たったそれだけのことが、むしょうに恥《は》ずかしい。

そして眼鏡をとった夏目の顔は、白衣を着て、保健室で見るいつもの夏目とは違って……どこか色気みたいなものがあって、……ドキドキする。

ずっと年上の、同じ男、なのに。

「まいったな…。あんまりじらすなよ」

いつまでもぐずぐずとためらったままの研吾に、クスクスと笑いながら夏目が耳元でささやいた。

「そっ…そんな……っ」

じらしてる、わけじゃない。

思わず夏目を見上げたが、夏目の方もわかって言っているんだからタチが悪い。

夏目の手が、なだめるようにさらり、と研吾の頬《ほお》を撫でた。

それから額から前髪《まえがみ》をかきあげ、頬を合わせるようにして触《ふ》れ合わせてくる。

「あ……」

研吾は思わず息を飲んだ。

夏目の唇が、研吾の唇の端の方に軽く、キスを落としてくる。

そして、軽く離した。

ほんの、数センチの距離《きょり》に。

やわらかな吐息《といき》まで感じるくらいのところに。

研吾はぎゅっと目を閉じ、息をつめて、素早《すばや》く夏目にキスをする。

触れ合わせる、というより、ぶつける、というのに近い。

それでもやることはやって、ホッとした研吾の顎を、夏目がつかんだ。

「まだ」

「なん…っ…、もう……した……だろ……っ」

「足りないな。これじゃ、したうちにもはいらない」

あっさりと言われて、研吾は混乱した。

「テクニックがないなら、せめて回数と長さで補ってもらわないと」

「そんなのっ、無理に決まってんだろっ」

初心者なのにっ！

「第一、一度で終わりとは言わなかったぞ？」

すかした顔で言った夏目に、研吾は目をむいた。

「なっ…、卑怯者《ひきようもの》っ!!」

「さて。卑怯者はどっちかな？　約束したことを守れない生徒には、やっぱりお仕置きが必要かもしれないな？」

その言葉に、思わず顔色が変わる。

しかしほとんどすっぽりと身体《からだ》を抱きこまれていた研吾に逃《に》げ場はなく、そのまま首根っこを押さえられるように顔が引きよせられた。

「教えてやっただろう？　ほら、舌を出してみろ」

つめようもなくて、どうしようもなくて、研吾はわずかに舌を伸《の》ばす。

その舌先を、ぺろりとなめるようにされて、研吾はあわてて引っこめた。

それに、こら、と叱《しか》られる。

泣きそうになりながら、ぎゅっと目を閉じたまま、研吾はほとんどやけくそのように、べーっ、と舌を突《つ》きだした。

「……んっ」

それが一気にからみとられ、温かい中に引きこまれて、好きなままになぶられる。

男となんて気持ち悪い、はずなのに、じん…、と頭の芯《しん》が痺《しび》れて、何も考えられなくなる。

意識が吸いこまれていくようだった。

両手で顎《あご》から頰を包まれたまま、何度もくり返され、息継《いきつ》ぎを覚えさせられる。

ようやく甘い責めから舌が解放されたときには、研吾はぐったりと夏目の腕《うで》の中にもたれかかっていた。

名残《なごり》のように唇《くちびる》を軽くついばまれ、鼻先をなめられて、よしよし、と髪が撫《な》でられる。

満足、したんだろうか？

そう思うと、ホッとするのと同時に、なんだかうれしいような、悔《くや》しいような、わけのわからない感情がぐちゃぐちゃと胸の中をかき乱した。

「なんで……こんなこと、させんだよ……？」

理不尽《りふじん》なイジメに遭《あ》っているようで、研吾はなじるようにうめいていた。

「決まってるだろう？」

しかし夏目はほがらかにこたえる。

そして軽く、研吾の顎を持ち上げた。

「わからないのか？　本当に？」

顔をのぞきこむようにして聞いてくる。

だが、そんなこと、わかるはずもない。

泣きそうな顔の研吾に――というか、すでに目には涙《なみだ》がたまってる研吾の顔を見て、夏目がやれやれ、というように嘆息《たんそく》した。

そして、さらりと言う。

「君が好きだからに決まっているだろう？」

思いがけない言葉に、研吾は思いきり大きく目を見張った。

「う…ウソつけっ！」

そして、ほとんど反射的に叫《さけ》んでいた。

「キスしたり、身体を触《さわ》ったりするのに、他《ほか》に理由があるのか？」

「あんたがショタだからだろっ！」

聞き返されて、うろたえた研吾は思わず決めつけていた。

「ショタ？」

夏目がさすがにショックを受けたように額を押さえる。

「……なんでそうなる。おまえ、言葉の意味がわかって使ってるのか？」

「若い男なら誰《だれ》でもいいんだろっ？　選《よ》り取り見取りじゃんっ！」

しかしかまわず研吾はわめいた。

「その選り取り見取りな中から君を選ばせてもらったんだが」

「――えっ？」

その言葉には、さすがに研吾の動きが止まった。

選んだ？　俺を？

誰でもいいんじゃなくて、ちゃんと俺を……ってことなのか？

「だって……あんた、俺のことなんか、何も知らないじゃん……」

夏目とは、身体測定とかで会ったくらいだ。

他には何の接点もない。

なのに、何百人もいる生徒の中から、なぜ自分に目をつけたのか。

「そうでもない」

と、どこかとぼけるように夏目は言った。

「いつも元気で、前向きで。しっかりしてるわりには、思わぬところで抜《ぬ》けてるところがいいかな」

……誉《ほ》められていない……。

研吾は内心でうめいた。

「強情《ごうじょう》っぱりなところも気に入っているしね」

どこか意味深に言われて、研吾はちょっとフクザツな気持ちになる。

「将来にしっかり夢を持っているしね。その年で自分のやりたいことがわかっているのはめずらしいよ。バイトもそのためにしているようだし」

「あんただって……、医者になりたくてなったんじゃないのか？」

医者を志すなら、かなり早くから勉強して、いろいろと準備を始めなくてはいけないだろう。

今の研吾の年には、もう決めていたはずだ。

しかし夏目は、軽く肩《かた》をすくめてみせた。

「私の場合はまわりがほとんどそうだったからね。医者の家系で。兄がちょっと変わり種だったおかげで、私の方への期待も大きかったし。特に何も考えずに進路は決めたよ」

……それであっさりなってしまえるのはたいしたものだ。

あれ、でも。

ふっと研吾は考えこんだ。

将来の夢――、なんか、夏目に話したっけ……？　そういえばこの前も、報道の職に就《つ》きたいと希望する人間が、と言われたけど。

まあ確かに、まわりの友達は知っていることだから、誰かに聞いたのだろうか……？

「生徒に……手…出すなんて……」

でも、どうかと思う、のだ。

「好きな子に手を出したいのは男の本能だからね」

歌うように言いながら、夏目の手が研吾のシャツのボタンにかかる。

「何……してんだよ……？」

わからないわけもなかったが、研吾は一応、尋《たず》ねてみる。

「本能に忠実に行動してみようかと」

しかし夏目は悪びれずに答えた。

「……って、おいっ！」

血相を変えて叫んだが、夏目の指はスムーズに動き、あっという間にボタンをすべてはずしてしまっていた。

「ひゃっ…ぁ…っ！」

するり、と素肌《すはだ》に触《ふ》れられて、研吾は情けない声を上げていた。

「夏目…っ、キスだけって…！」

「気が変わった」

ジタバタと抗議《こうぎ》した研吾に、あっさりと夏目は言った。

「あまりにも情熱的なキスをしてもらったから、火をつけられてしまったよ」

「卑怯者《ひきょうもの》っっ！　嘘つきっっ！」

ぬけぬけと続けた夏目を、研吾は思いきり罵倒《ばとう》する。

「君だって、私のことは嫌《きら》いじゃないからここまで来たんだろう？」

静かに聞かれて、研吾ははっと息を飲んだ。

「……そんなんじゃない……」

それでもようやく言葉を押し出す。

「ミケが…怪我《けが》したからだろ……」

「でも私を頼《たよ》ってきた」

夏目が一言で言い切った。

研吾はちょっとひるんで、そして唇をかんだ。

もちろん、そんなつもりじゃなかった。

——けど。

嫌いだったら、もちろん電話しようなんて思わなかっただろう。

「確かめてみればいい。私がどれだけ君を好きなのか」

耳元に言葉を落とされ、軽く耳たぶをかまれる。

「カラダに、教えてやるから」

カッ…、と全身が熱くなった。

情熱的な言葉。

……口説かれる、って、こういうことを言うんだろうか……？

ドキドキと、心臓が痛いくらいに激しくなり始める。

「ケツが痛いの……嫌《いや》だ……」

研吾はぐずるようにうめいた。

「今日はもっと優《やさ》しくしてやる」

喉《のど》で笑いながら、夏目が研吾のうなじのあたりを撫《な》でた。

「もっとずっと気持ちよくしてやるよ」

そう言うと、するり、とシャツが脱《ぬ》がされた。

寒いわけではないのに、肌にあたる外気にちょっと身震《みぶる》いする。

夏目の手はさらに研吾のズボンのボタンをはずし、ファスナーを下ろすと、そのまま抱《だ》きかかえるようにして研吾の身体《からだ》をソファへ転がした。

「――わ…っ！」

そしてそのまま腰《こし》を持ち上げられ、一気にズボンが脱がされてしまう。

「なっ…、やだ…っ！」

片足をソファの背に張りつけられ、もう片方は夏目の手で大きく持ち上げられて、その格好の恥《は》ずかしさに研吾は暴れた。

「ほら、おとなしくしてろ」

しかし夏目の手にキュッと中心を握《にぎ》られると、たまらずすくみ上がる。

そしてゆるゆるとしごかれ、だんだんとわだかまるような熱がそこから全身へ伝わってきた。

「あ…っ、は……」

研吾は息をつめる。

その表情を静かに見つめながら、夏目がピクピクと痙攣《けいれん》するような研吾の内腿《うちもも》を撫で、そしてふっと身をかがめてくる。

「んっ…、あぁぁぁっ！」

愛撫《あいぶ》されていた中心が、もっと温かく、やわらかいものに包まれた。

覚えのあるその感触《かんしょく》に、研吾は思わず高い声を放っていた。

ドクドクと一気にそこに熱が集まるようで、そのまま熱に溶《と》かされてしまいそうで、たまらず腰を揺《ゆ》らせてしまう。

さっきキスを教えた舌が、今度は別のモノにからみつき、巧《たく》みになぞっていく。

先端《せんたん》からくびれ、そして根本へと何度も往復し、時折こするようにして追い立てられ、追いつめられる。

「あっ…、あぁっ、あぁっ、あぁぁ……っ！」

奥のやわらかな球が指先でもまれ、同時に先端の小さな穴をつっつくようになめられて、甘い痺《しび》れが背筋を走り抜けた。

「く…、ん…っ」

研吾の中心はあっという間に硬《かた》く成長していた。

と、顔を上げた夏目に、ぐいっと腰を引きよせられ、浮《う》かせるように膝《ひざ》の裏に力をくわえられる。

「やっ…な…っ」

腰が落ちないように片膝が背中にあてがわれた。

とろとろと先端からこぼれ始めたものが茎《くき》を伝い、根本を濡《ぬ》らして、さらに奥へと流れ落ちている。

それをたどるように、夏目の指が細い筋をすべり、腰の奥へと入りこんでいく。

無造作にさらけ出された最奥が具合を確かめるように軽くいじられ、そして——。

「やあぁぁっ！」

ぴちゃり、と濡れた舌になめ上げられた瞬間《しゅんかん》、研吾は腰を跳《は》ね上げていた。

「やっ…やだっ、やめろ……っ！」

そんな……そんなところに口をつけられるなんて、到底《とうてい》考えられない。

「痛いのは嫌なんだろう？」

しかし夏目は笑うようにそう言うと、さらにくすぐるようにして舌を動かしてきた。

「ひ…、ぁ…、あぁっ…」

「気持ちよさそうに襞《ひだ》がヒクヒクしているぞ？」

耳元でささやかれ、カーッと全身が熱くなる。

言われたことで、さらにそこがうごめいているのを肌で感じてしまう。

夏目は指先でそこをこじ開けるようにすると、さらに奥へと舌を這《は》わせてきた。

「ああっ、あぁぁぁっ！」

内臓を直《じか》になめ上げられているようなすさまじい刺激《しげき》が、体中を突《つ》き抜《ぬ》けてくる。

「可愛《かわい》いな」

びくんびくん、と全身をしならせる研吾を微笑《ほほえ》みながら見つめ、夏目は濡れたそこに指先を押しあてた。

軽くまわすようにして襞をいじり、これから味わわせるものを教える。

「あ……」

その予感に、研吾はわずかに身をすくませた。

軽く指先で押し開かれ、なかば溶けていたその部分は、あっさりと異物を飲みこんだ。

「ふ…っ、んん……っ」

ずるり、と突き入れられた指を、研吾の腰は夢中になって締《し》めつける。

「少しゆるめろ」

言われて、涙目《なみだめ》で研吾は必死に息を吐《は》く。

「あぁぁ……！」

瞬間、グッと奥まで突っこまれて、さらに高い声が上がった。

「あっ、あっ、あっ…」

さらに二本に増えた指に抜き差しされ、大きくかきまわされて、研吾はほとんど自分でその意識もなくあえぎ続けた。

やがて、指でなぶられている部分から、とろり…、と滴《したた》るような甘い感覚がにじみ出してくる。

「は…、あ……」

それにつれて、研吾はゆったりと腰をまわし始めていた。

「イイのか？」

夏目が耳元で聞いてくる。

そして、さらに馴染《なじ》ませるように二本の指で存分に中を乱すと、やがてするり、と抜き出した。

研吾はほっと、大きな息を吐き出す。

と、ベルトをはずす音と、ジッパーをさげる音がかすかに響《ひび》き、そしてふいに、研吾の右手がつかまれた。

「わかるか？」

聞かれて、何を…、かと思ったら、その手に何か、硬いものを握らされる。

手の中で生き物のように熱く脈打つそれが何なのか――気づいた瞬間、研吾は真っ赤になった。

「なっ…なんだよ……！」

あわてて引っこめようとしたが、がっちりとつかまされたまま夏目の手は離《はな》れない。

「こんなにした責任はとってもらわないとな」

「あっ…あんたがケダモノなだけだろっ」

にやりと笑った夏目に、研吾はわめいた。

「可愛くないね」

夏目は低くうなると、じくじくと疼《うず》くように熱を持つ部分に、そっと、自分のそれを押しあててくる。

「あ…」

研吾は思わず息を飲んだ。

「力、抜いてろよ」

そう言うと、夏目は先端の部分をグッと押し入れてきた。

あ、と思った次の瞬間、一気に根本まで突きこまれる。

「は…あぁぁぁぁっ！」

焼けるような痛みが腰に広がった。

「う…そ…つき…っ！」

研吾は泣きながら腕《うで》をふりまわし、めちゃくちゃに夏目を殴《なぐ》りつける。

もっとも、その手にほとんど力は入らなかったが。

「痛く…ない…って……っ」

「最初だけだ」

言いきった夏目の声も、少しかすれていた。

研吾は無意識にこもる力を、必死に抜こうとした。

夏目もなだめるように研吾の背中へ腕をまわし、優《やさ》しくさすってくれる。

「な…つめ……」

じわじわと、身体《からだ》の奥を侵食《しんしょく》している質量が生々しく感じられるようになる。

研吾はすがるように腕を伸《の》ばした。

「大丈夫《だいじょうぶ》だ」

ぴっちりと、自分の身体の中に飲みこまれた感覚が、どこか苦しいような、きついような、それでいてじわじわと疼くような甘さとがないまぜになった、ヘンな感じだった。

夏目がそっと腰《こし》を動かし始める。

初めはゆっくりとまわすようにして、小刻みに打ちつけてくる。

やがて振幅《しんぷく》が大きくなり、ずるり、と引き抜かれるたび、そこが燃えるようで、研吾はたまらず声を上げた。

だんだんとその動きが速く、激しくなる。

「あぁぁ……！」

と、いきなり、中へ入れたまま夏目が研吾の背中を抱《だ》きあげた。研吾の身体を起こし、ぴったりと引きよせてくる。

大きく身体が揺《ゆ》さぶられ、平衡《へいこう》感覚が狂《くる》う。

気がつくと、研吾は正面から夏目の膝にすわりこむ形で、抱きしめられていた。

そして、自分の重みに、さらに身体の奥深くへ夏目をくわえこんでいる。

「あ……」

かすれた声が喉《のど》からこぼれ落ちた。

夏目がゆったりとソファにもたれ、体勢を整えるようにすわり直す。引きずられるように揺さぶられ、研吾は声を上げながら必死に夏目の首にしがみついた。

「動いてみろ」

その身体を支えながら、夏目が命じてくる。

「できるかよ…っ」

涙声《なみだごえ》で研吾はうめいた。

ジンジンと腰は痺《しび》れ、身動きするだけで響いてくる。

「できるさ。よくなるから」

それでも、息をつめるようにただじっと身体を強張《こわば》らせる研吾に、仕方がないな…、と夏目が吐息《といき》で笑った。

背中を撫《な》で下ろした指でつながった部分に触《ふ》れられ、研吾は思わず身をよじる。さらにくすぐるようになぶられ、たまらず、逃《に》げるように研吾は腰をひねった。

その都度、中がこすれ、熱を帯びてくる。

「あ…あ…っ」

そして夏目の手が研吾の前に触れ、ゆっくりとしごき始めた。

「ん…っ、は……」

その手の動きに合わせて、自然と腰が揺れる。

いつの間にか、研吾は夏目の肩《かた》につかまったまま、自分で身体を上下させていた。

「あっ…ああ……っ」

「いい子だ」

しかし満足そうにつぶやいた夏目の言葉も、ほとんど耳には入っていない。

研吾はただ浮《う》かされるように、夏目の腕の中で腰をふり続けた。

すでに痛みはなく、ただ甘く疼くような熱だけがにじみ出してくる。

それはたちまちふくれあがり、前の方にいっぱいにたまって吐き出す先を求める。

「もう……っ、も…う……」

研吾は首をふりながら、夏目の肩に爪《つめ》を立て、限界を口走った。

「もう、か？」

夏目がくすくす笑った。

「もう少しがんばってみろ」

そう言うと、キュッと研吾の根本を押さえこむ。

「ひ…、ぁ……っ、あぁぁ……っ」

思いきり身体をのけぞらせ、研吾は大きくあえいだ。

「やっ……やだ…っ、やだ……っ！」

爆発《ばくはつ》しそうな身体を抱《かか》え、無意識のうちにさらに激しく腰をふりまわす。

「あっ…、あ…ん…っ、あぁ……！」

蜜《みつ》をこぼす先端《せんたん》が指でいじられ、痛いほどの快感に研吾のソレがドクドクと脈打つ。

「く…ぅ……！」

ぎゅっと中のモノを締《し》めつけ、その大きさと熱を体中にとりこんでいく。

「食いちぎられそうだな……」

夏目がかすれた声でつぶやいた。

そして下から突《つ》き上げるように腰を動かした。

「う…っ、あああぁぁぁ……！」

悲鳴が口からほとばしる。

涙がぼろぼろと溢《あふ》れてきた。

突かれ、揺さぶられ、もう頭の中はぐちゃぐちゃだった。

「あ…やぁ…！　あたる…っ、そこ……っ、あたって…る……！」

泣きじゃくりながら、もはや自分が何を言っているのかもわからない。

「も……ゆる……ゆる…して……っ」

額を夏目の肩にぐりぐりと押しあてて身悶《みもだ》えながら、とうとう研吾はそう口にしていた。

「うん？　もう降参か？」

夏目が、汗《あせ》と涙でぐっしょりと濡《ぬ》れた研吾の頬《ほお》に自分の頬をこすり合わせながら、優しげに尋《たず》ねてくる。

もはや答えることもできずに、研吾はただガクガクとうなずいた。

「……か…せ……て…ぇ……」

よしよし、と夏目が背中を撫でる。

「だがこれで終わりじゃないぞ。最後までつきあってもらうからな」

耳元でそう脅《おど》す声も頭に入ってこない。

ただ、早く、一刻も早く、解放されたかった。

「――ほら。いっていいぞ」

そう言うと、夏目は小刻みに腰を動かし、研吾は夢中でそれを味わった。

そして張りつめた研吾のモノを片手で優しく撫でながら、夏目がようやく根本を押さえこんでいた指をはずした。

「ん…っ、あっ…あぁぁぁぁぁ――――……っ！」

荒《あ》れ狂う波に出口が与《あた》えられた瞬間《しゅんかん》、研吾は一気に弾《はじ》けていた。

「あ…あ…ぁ……」

イッたあとも身体がヒクヒクと痙攣《けいれん》し、大きすぎる余韻《よいん》に頭がついていかない。

涙混じりの不規則な呼吸がようやく収まってきて、そっと目を開けると、夏目の身につけたままだったシャツにもズボンにも、いっぱいに白いものを飛び散らしているのがわかる。

「あ……」

さすがに恥《は》ずかしくて目をそらした研吾の身体を、夏目がそっと持ち上げた。

ずるり、と後ろから引き抜《ぬ》かれ、ジンジンと痺れたその部分から中に出されたものがとろりとこぼれ落ちる感触《かんしょく》に、くっ…と唇《くちびる》をかんだ。

ふぅ…、と夏目も大きく息をつく。

そしてゆっくりと立ち上がると、ぐったりとしたまま、まだほてっている研吾の身体を抱き上げた。

「な…何…っ、何だよ…っ？」

抗議《こうぎ》はしてみるが、抵抗《ていこう》する力もほとんどないまま、研吾はそのまま寝室《しんしつ》のベッドの上へと運ばれる。

「ちょっ…夏目…っ！　あんた、まだ――」

さすがに顔色を変えた研吾に、夏目はさらりと言った。

「まだ？　これから、だろう」

服を脱《ぬ》いで近づいてくる男を、研吾は思いきり罵倒《ばとう》していた。

「この…、ケダモノっっ！」

「う……ん……」

目が覚めた瞬間、飛びこんできたまぶしい光に、研吾は思わず片手で顔をおおった。

前に夜景を見た広い窓から、太陽がいっぱいに差しこんでいる。

思わず身じろぎして顔を伏《ふ》せ、その瞬間、ずん…、と響《ひび》くような鈍痛《どんつう》が腰《こし》に走った。

「…って…っ…」

小さくうめいた研吾の頭で、くすくすと低い声が笑う。

不機嫌《ふきげん》に顔を動かして、研吾が上目づかいに見上げると、夏目がシーツの上に片膝《かたひざ》をつき、楽しげに見下ろしていた。

その裸《はだか》の姿を見た瞬間、心臓が飛び出すかと思った。

――なんでっ？

と思った瞬間、前の晩のことが頭を駆《か》け抜けて。

とたんに、研吾はうろたえてしまった。

夜は何がなんだかわからなくて、ろくに身体《からだ》を見た――という意識もなくて。

だが明るい中で見る夏目の……がっしりとした裸に、本当にバクバクと心臓が音を立て、全身の血がのぼってきたんじゃないかと思うほど、顔が赤くなる。

この身体に抱《だ》かれたのだと思うと、いたたまれなかった。

「つらかったか？」

「あたりまえだろっ」

とぼけたように聞いてくる男に、研吾は恥ずかしさも手伝ってツンケンと言い捨てていた。

そしてすぐに夏目から目をそらす。

「だんだん慣れてくるさ」

しかし悪びれた様子もなく夏目はそう言うと、大きな腕《うで》をまわしておおいかぶさるように研吾を抱きしめてくる。

「ばっ…、やめろ…ってっ」

「どうした？」

喉《のど》の奥で笑いながら、反射的に飛び上がった研吾を、夏目は嫌《いや》がらせるようにさらに羽交《はが》い締《じ》めにした。

「何すんだよっ！　バカっ、重いっっ！」

「おかしいな？　ゆうべはあれだけしがみついてきたのに？」

そしてばたつく研吾でひとしきり遊ぶと、のっそりとベッドから降りる。

「何か食べるか？」

自信があるのか、恥ずかしげもなく全裸《ぜんら》をさらし、イスの背にかけられていたローブを羽織ると、夏目はそう聞きながらドアへ向かう。

言われると、かなり腹が減っていることに気づいて、研吾は、その背中に食う、と布団《ふとん》の中からもっそりと答えた。

戸口でふり返って研吾の顔を眺《なが》め、夏目はくすっと笑ってから部屋を出た。

身体はだるくて、どうにも起きる気がしなくて、研吾は広いベッドでネコみたいにごろごろしてから、ハッと我に返った。

そうだ。ミケ。

思い出してベッドから起きあがったが、……着るものがない。

なにしろ、リビングで服を脱がされてしまっていたから。

シーツをかぶったまま広い寝室をうろうろし、何か着るものはないかと、チェストの引き出しを適当に開けてみた。

ガタガタと引っかきまわしていると、ふっと、妙《みょう》なものが目にとまる。

ハンカチとか、ポーチとか、小物が入っているような引き出しの中だった。

小さなビニール袋に入った白い粉――。

研吾は何の気なしにそれをつまみ上げた。

なんだろ…、と思った瞬間、あっ、と思いあたる。

時々、テレビのニュースとか、ドラマとかで見る、人間やめますか――、というアレ、だろうか。

――でも、まさかなぁ……。

研吾は軽く肩《かた》をすくめた。

夏目だって医者の端《はし》くれだし、何かの粉薬かもしれない。

研吾はそれを元にもどし、別の引き出しを開けて、部屋着のような長袖《ながそで》のトレーナーを見つけだした。

すっぽりとかぶると、腰のあたりまで隠《かく》れてしまう。

なんだかな……。

と、ちょっとむかつくような、悔《くや》しいような、情けないようなフクザツな気持ちで、研吾はペタペタとリビングへ歩いていく。

ともかく、下着くらいはとり返さないと、男のコケンに関《かか》わる感じだった。

◇　　◇

「研吾くん。……研吾くん！」

肩をたたかれて、ようやく呼ばれていたことに気がつく。

ハッとふり返ると、支配人が怪訝《けげん》そうな顔で見下ろしていた。

「どうしたんだい？」

「えっと…、いえ、別に……」

研吾は口の中でもごもご答えて、あわてて愛想笑いを浮《う》かべた。

開店前の「マーキュリー」で、研吾は各テーブルをふいて、一輪挿《いちりんざ》しの花と小さなキャンドルを準備している最中《さなか》だった。

しかしいつの間にか、手が止まっていたらしい。

ここからバイトに行けばいい、というのを強引《ごういん》に断って、夏目の部屋から朝帰り——というか、昼もまわってからいったん自宅に帰ったのだが、それから何をしていたのかもわからないうちにバイトの時間になっていた。

あわてて出てきたのだが、やはりここでもボーッとしていたらしい。

最初のときほど痛くはないけど、腰はまだやっぱりムズムズするようで。

なんだかまだ気だるさが抜《ぬ》けきらない。

イタイ、ヒドイ、シツコイ。

バカ、アホ、カス——とゆうべはさんざんののしり続けた研吾に、夏目は「好きだよ」とずっとささやき続けた。

その甘い声がまだ耳に残る。

〈思い出しただけで、カーッと耳が熱くなった。

ホントかよ…？　と疑わないでもなかったが、やっぱりそう言われるのはうれしくないこともなくて。

またたまされているような、うまく丸めこまれているような、そんな気もしなくもないけど――。

それでもふわりと幸せな気分が心を包む。

どこかヘンな自分を自覚しながらもなんとか開店準備も終えて、七時に店は開いたが、さすがにこの時間から飲みにくる客はほとんどいない。

このへんのヒマな時間帯は、バイトも研吾一人だった。

そんなに大きな店でもないので、それで十分だ。

「――あ、悪い、研吾くん。レモン、買ってきてくれないかな?」

「あ、はーい」

どうやら切れていたことに気づいた支配人に頼《たの》まれて、研吾はお金をあずかって、店を出た。

小粋《こいき》なボーイ姿の研吾は、カッコイイ、というよりは、まだお姉さま方に、カワイイっ、と言われるくらいだったが、それでも街を歩けばその手の男たちから、意味深な流し目を送られる。

それには気がつかないふりで、研吾はさっさとレモンを選んで五つ買い、ついでに自分の飲み物にペットボトルのスポーツドリンクを買ってもどろうとした。

と、店を出たその足が、ふっと止まる。

通りのむこうに、夏目の姿を見かけたのだ。

またたき始めたネオンサインの下で、あの横顔は確かに。

学校では見ない——というか、白衣の下に隠しているスーツ姿は、やはりハイグレードに決まっている。

誰《だれ》かを待っているような様子だった。

この場所で夏目の姿を見かけるのは、あれ以来だ。

ちょっとドキッとする。

そうでなくとも、今朝——別れてから、初めて会うわけで。

「——あ、夏目！」

ふっと、その視線がこちらに向いたのに、研吾はちょっとためらいながらもそちらに近づいた。

照れくさくはあるけど、そんな様子を見せたくはなかったし、それにミケの具合も聞きたかったから。

「君か…。なんだ？」

しかし目の前に行った研吾に突《つ》きつけられたのは、冷ややかな眼差《まなざ》しだった。

どこか、いらついているようにも見える。

「なんだ、って……」

しかしその冷たい言葉に、研吾はたじろいだ。

今朝の今で、その言い方はないだろう、と思う。

好きだよ——、とあんなに何回も、くり返しくり返し、身体《からだ》に刻むみたいにささやいた同じ口で。

誘《さそ》いを断って帰ったのを怒《おこ》っているのだろうか？

でも、それにしても……。

「どうしたんだよ？——あ、ミケの様子、どう？」

そう尋《たず》ねた研吾に、しかし夏目はわずかに目をすがめて、そしてぴしゃりと言った。

「悪いが今、君と遊んでいるヒマはない」

「な……」

邪険《じゃけん》にふり払《はら》うようなその言葉に、研吾は絶句してしまった。

「あんた…、どういうつもりだよっ！」

思わず研吾は声を上げていた。

チッ、と夏目が舌を打つ。

そしてちらりと、腕時計《うでどけい》に目をやった。

「今日は間が悪い。君の相手をしているヒマはないんだ。いい子だから、おとなしく帰りなさい」

なだめる、というよりは、放り出すような言葉だった。

「学校でならいつでも相手をしてやる。だが夜に私を見かけても声をかけるな、と言わなかったか？」

「──わかったよ！」

冷ややかなその言葉に、研吾はキレたように叫《さけ》んだ。

そしてくるりと男に背を向けると、ズンズンと一直線に仕事場までもどった。

あ、ごくろうさま、と言った、支配人の声も耳に入っていない。

──どういうつもりだっ、どういうつもりだっ、どういうつもりだっっ！

なんだ、あれは⁉

学校でなら相手をしてやる？

つまり学校だけの、昼間だけの遊び相手のつもりなのか？

そう思うと、ムカムカした。

それからのバイトは散々だった。

今日はおかしいよ？　と支配人にため息をつかれるのも無理はない。

ミケのことが心配ながらも、夏目の顔を見る気になれず、翌日の日曜日、一日を悶々《もんもん》と過ごし、週明けの月曜、研吾は意を決して保健室へ乗りこんだ。

「……なんだ、その顔は？」

仏頂面《ぶっちょうづら》、というには険しい研吾の表情に、見慣れた白衣の夏目が眉《まゆ》をよせる。

「昨日はどうした？　ネコの様子を見にくるかと思っていたが」

　まるでおとといのことなんか忘れたようにそう言う夏目に、研吾はむかっとしてわめいていた。

「あんた、どういうつもりだよっ？」

「どう、とは？」

　夏目が首をかしげる。

「とぼけんなっっ！」

　その剣幕《けんまく》に、じっとうかがうように夏目が研吾を見つめ、そして深い息をついた。

「何を怒っているのか、まるでわからないが……何かしたならあやまろう」

　淡々《たんたん》と言った夏目に、研吾はなんだか悔《くや》しくて涙《なみだ》が出そうになる。

　自分だけが……空回りして、怒って。

　夏目にはぜんぜん、どうでもいいことなのだ。記憶《きおく》している価値さえない。

「……土曜の夜、あんたと会ったろ？」

　研吾はつぶやくように言っていた。

　一瞬《いっしゅん》、間があってから、ああ…、と低い答えが返る。

　答え、というより、むしろ思い出したような、そして、やれやれ、とでも言いたげな調子だった。

夏目は前髪《まえがみ》をかきあげ、ため息をつく。

「夜は声をかけるなといったはずだ」

同じことを言われて、研吾はカッとなった。

そんなに何回も言わなくてもっ、と思う。

「夜って、あんた、何やってるんだよ⁉」

「私にもプライベートはある」

腕を組んで、いくぶん突き放すように夏目が言った。

その言い方にさらに研吾は腹が立った。

「いいよっ！　どうせ俺は恋人《こいびと》でもなんでもないしなっ」

——そうだ。初めから、恋人だなんて、この男は思っていなかったのだ。

ただやりたかっただけなんだ……。

なのに、あんな言葉一つでだまされて。

そう思うと、悔しさで胸がいっぱいになる。

「あんたのこと、とやかく詮索《せんさく》する権利なんて俺にはないもんなっ！」

そう吐《は》き出すと、研吾は必死に涙をこらえ、保健室を飛び出した——。

あとを追いかけることもできずに、夏目は開いたままのドアをしばらく見つめた。

そして、研吾の足音が消えた頃《ころ》、深いため息がもれてくる。

――恋人でもなんでもないしなっ！

と、言われた言葉が、胸にこたえた。

恋人だと、思っていてくれたことが意外で、うれしかったし、それだけに裏切られたような思いで研吾がいることもわかっている。

全部、話してやるべきだろうか――。

そう思わないこともなかったが、それは夏目の一存で決めていいことでもなかった。

ともかく、一言文句を言わなければ気はすまない。

夏目はカバンから携帯《けいたい》をとりだすと、メモリから一つの番号を呼び出す。

コール五回ほどで相手が出た。

「私だ」

低く告げると、ほとんど同じトーンの声が返ってくる。

「お。めずらしいな、おまえからとは」

兄の高臣だった。

「おまえ、研吾に何を言った？」

しかしその楽しげな声とは逆に、感情のない、ただ冷たい声で夏目は単刀直入に尋ねた。

「研吾くん？」

高臣は聞き返してから、あー、とうなずくような声が返る。

「……そうそう。土曜に会ったんだけどね。ちょうど例の男と会う約束をとりつけて、相手を待っているときでな。ヤバかったんだよ。早く帰そうと思って、ちょっとキツイ言い方になったかもしれないな」

「本性《ほんしょう》を出せば、おまえはとことん冷酷《れいこく》な人間だからな……」

夏目が短くため息をつく。

「おたがいさまだろう。双子《ふたご》なんだから」

「きさまと一緒《いっしょ》にするな」

冷ややかに言った夏目に、高臣が鼻で笑う。

「なんだ？　本気のコには優《やさ》しくしてやってんのか？　今までさんざん、つきあった男を片っ端《ぱし》から手ひどく捨ててきた男がなァ…」

その言葉に、夏目は顔をしかめた。

「人聞きが悪い。別に私からつきあいを迫《せま》ったわけじゃない。一度でいいから、と言われたからつきあったまでだ」

「そうだよなー、おまえの方からちょっかいかけるなんて、俺の知っている限り、初めてだもんなー。しかもピチピチの高一か？　そりゃ、可愛《かわい》くて仕方がないだろうなー」

しかし夏目はそんな挑発《ちょうはつ》には乗らなかった。

「よけいなことは言うなよ」

釘《くぎ》をさした夏目に、高臣が鼻を鳴らした。

「それと、研吾の前におまえが姿を見せるな」

「だから言ってるだろ？　そんなに心配ならさっさとバイト、辞《や》めさせちまえ。ヘタにうろちょろされるとこっちも迷惑《めいわく》だ」

「……私がおまえに協力してやっているんだと思ったが？」

「あ、悪い悪い」

さらに輪をかけて冷ややかに言った夏目の声に、高臣のトーンが急激に変わる。

「けどね、そんなに大事なコなら、首輪でもつけてしばらく監禁《かんきん》しときなさい」

「それは犯罪じゃないのか？」

「保護だよ。保護」

つらっと言って、そして続けた。

「そろそろ大詰《おおづ》めなんだし、今ぶち壊《こわ》されてはかなわないからな。――そっちの男はどうだ？　変わりはないか？」

「ああ。直接会うことを了承《りょうしょう》したよ」

夏目は要点だけを端的《たんてき》に返した。

「よしよし…。じゃあ、あとは日時だな。決まったら打診《だしん》する」

「わかった」

うなずいて、電話を切る。

そしてホッとため息をついた。

研吾は相当怒《おこ》っていた。まあ、無理もないことだろうが。

……どうやってなだめたらいいものか……。

少々、難しいことになるのは仕方がない。

ふうむ、と夏目は顎《あご》を撫《な》でた。

しかしまあ、しばらく怒らせておくのも、それはそれでカワイイ……気もしなくもない。

少し様子を見るか……。

と、夏目は嘆息《たんそく》した。

いずれ話してやることもできるだろう。

もちろん、今さら手放す気もなかったから。

◇　◇

研吾はそれからしばらく、保健室には顔を出さなかった。

ミケのことも心配だったけど、顔を合わせるとやっぱりケンカするだけになりそうで。

……ちゃんとエサ、やってくれてんのかな……。

さっさと引きとってきてしまえばいいのだが、かといって、自分の家にはおけないし。

一真が寮《りょう》で飼っていいかどうか聞いてみる、と言ってくれたが、寮生活だとやはり苦手な人間が一人いれば無理だろう。

このまま夏目のところにおいておくのも考えものだが、……でも、せめてミケがいればまだ夏目と何か接点が残っているようで、何となくとり返すのをためらってしまう。

うだうだと考えながら、この週の水曜の放課後、研吾はバイト先へ向かっていた。

バイトの日ではなかったのだが、先日行ったとき、バイト前に買っていったフィルムを忘れてきてしまったのだ。

店の前を通り過ぎ、裏の通用口へまわろうとしたときだった。

表のドアから出てきた男の姿に、研吾は目を見張った。

夏目だ。

薄暗《うすぐら》い中、入り口のぼんやりとした青い明かりの中に浮《う》かび上がる姿は、間違《まちが》いなく。

支配人がドアを開け、戸口で何か話している。

研吾はあわてて建物の陰《かげ》に隠《かく》れた。

息をつめて、目の前の光景を見つめる。

……なんで……夏目が……？

ひょっとして、本気で、研吾のバイトを辞めさせようとしているのだろうか？　支配人に話をつけて？

ごくり、と、唾《つば》を飲みこむ。

そんな……勝手に、夏目に決めてほしくなかった。

心配、してくれてるのかもしれないけど。

でも、そんなのは違う――。

やがて夏目は店を離《はな》れて、携帯で誰《だれ》かと話しながら歩いていく。

研吾は思いきって、そのまま夏目のあとをつけた。

話しかけるな、とは言われたが、あとをつけるな、とは言われていない。

屁理屈《へりくつ》ではあるのだろうが。

夜の街は、だんだんと人が出始めている。

その中を見失わないように、必死に研吾は追いかけた。

と、かなり歩いたあとで、夏目が軽く手を挙げる。

待ち合わせていたようなその相手は——女だった。

研吾は見たことのない女だ。学校の教師とか、その関係ではないだろう。

ショートヘアで、きりっとした感じの結構な美人だ。

ホモのくせに、なんだろう…、と思っていると、夏目はその女と腕《うで》を組んで歩き出した。

——まるで、恋人《こいびと》同士みたいに。

な…なんだよ……あれ。

腹の中で、何かふつふつと湧《わ》き上がるのを感じながら、研吾はさらに二人のあとを追いかけた。

すると、ある建物の中に入っていく。

どう見ても、どこから見ても、ラブホテル——だった。

さすがに一人ではその中まで入っていくわけにはいかず……行く気力もなく、研吾はその前でしばらく立ちつくした。

——どうして……？

その疑問だけしか、頭の中に浮かばなかった。

――結局。
研吾はその結論に行き着くしかなかった。
だまされていたんだ、と。
研吾を手懐《てなず》けて、油断させて。
そして夏目のまわりをうろちょろするのをやめさせよう、というつもりだったのか。
――絶対、あんたのしっぽをつかまえてやるからなっ！
そうタンカを切ったときのことを思い出した。
つまり、つかまれて困るしっぽが、やはりあるのだ。
そっちがその気なら……やってやろうじゃないか、と思う。
夏目の方からは、あれから何も言ってこない。
研吾は気持ちを固めて、土曜日のバイトのあと、夏目の部屋を訪ねた。
やってきた研吾に、夏目は、おや、という顔をした。
「……ミケ、元気？」
「自分で確かめてみたらどうだ？」

ぽつり、と尋《たず》ねた研吾に、夏目がそう答える。

相変わらず、食えない答えだ。

研吾はおずおずと中へ入った。

あれから一週間ほど。

ミケはかなり元気になっていた。

洗ってもらって、栄養もよくなったのか、毛並みがつやつやした気がする。それに、少し丸々と太った感じだ。

研吾はちょっとホッとした。

夏目はそれほど動物が好きなようでもないし、もしかしたらほったらかしにされているのかも、と思っていたが。

腹の傷も見た目にはふさがっていて、毛が薄いくらいになっていた。

「よかったなー……」

バスケットの中のミケの片脚《あし》をとって、研吾は軽く握《にぎ》ってやる。

骨折した脚には、この間よりさらにしっかりと動かないように、ギブスのようなものがはめられていた。

リビングでミケとじゃれていると、夏目が酒のグラスを持ったまま、後ろのソファにどっかりと腰《こし》を下ろした。

「機嫌《きげん》は直ったのか？」

そう尋ねてくるのに、研吾は肩《かた》をすくめてみせた。

「まあな。いつまでも怒っててもしょうがないし」

なるべくあっさりと言ってみる。

「ミケの世話もしてもらってるし」

夏目が小さく笑った。

「どうやら、そのネコは人質《ひとじち》みたいなものらしいな。あずかっていてよかったよ」

どういう意味でそれを言っているのか――。

そして夏目が少しあきれたように笑った。

「おまえ、男の部屋にこんな夜、やってくる意味がわかっているのか？」

言われて、研吾は思わずびくっとする。

……考えない、わけじゃ、なかったけど。

でも、もうどうでもいい、という気分になっていた。

そう…、だまされているフリで夏目のことを探《さぐ》るのなら、そのくらいのことは覚悟《かくご》するべきなんだろう。

どうせ自分のカラダなんか、たいした価値があるわけでもない。

夏目にとっても、誰にとっても。

抱《だ》かれるのだって……慣れたし。

あんなこと、たいしたことじゃない……。

「……俺のこと、やりたいの？」

そう思いながら、研吾はちょっと挑発的《ちようはつ》に尋ねていた。

その言葉に、夏目がわずかに目をすがめる。

「させてもらっていいのかな？」

そして逆に尋ねてきた。

「めずらしいじゃん。あんたが俺の意思を尊重してくれるなんて」

チクリ、と嫌味《いやみ》を言ってみる。

夏目がかすかに笑った。

研吾はこっそりと息を吸いこんで、ゆっくりと夏目に近づいていく。

「いいよ？　あんたがやりたいんなら……さ」

喉《のど》が渇《かわ》いていくようで、研吾は何度も唾を飲み下した。

「どうした？　今日はずいぶん素直《すなお》じゃないか」

グラスをテーブルにおいて、夏目が怪訝《けげん》そうに見上げてくる。

「オトナになったってことかもな、俺も」

研吾はさらりと答えていた。

ほう…、と夏目がつぶやく。

「据《す》え膳《ぜん》は食わせてもらう主義だが……ちょっと恐《こわ》いな」

やはり何か、感じるところがあるのだろうか。

「いいよ、別に。したくないなら」

研吾はちょっと突《つ》っ張ってみせる。

「したくないとは言っていない」

答えながら、夏目が研吾の両手をとった。

「したいんじゃん」

研吾も言い返しながら、手を引かれるまま、そっと身をかがめる。

軽く、唇《くちびる》が重なった。

それからだんだんと深く。舌がからんでくる。

……キスにも、慣れた。

多分、セックス、にも。

「ん……」

なんで。

キスはこんなに優《やさ》しいんだろう、と思う。

夏目のくせに。

俺のこと、好きでもないくせに。

「うまくなったな」

夏目が誉《ほ》めてくれる。

喜ぶべきことかどうか、わからなかったけど。

今日はちゃんと寝室《しんしつ》へ入ってから、研吾は服を脱《ぬ》がされた。

同じように抱き合って、追い上げられて。

快感を、教えられて。

何度ものぼりつめて。

声を上げて、あえいでいても——それまでとはどこか、違《ちが》っていた。

身体《からだ》だけは夏目に応《こた》えて、快感を訴《うった》える。

だけど、心がついていかなかった。

乱れて、嬌声《きょうせい》を上げる自分を、どこか冷めた目で見つめているもう一人の自分がいるような気がした。

揺《ゆ》さぶられ、狂《くる》わされて、だけど、これは本当の快感じゃない。

——研吾はどこかあきらめたような思いで、ただ、身体を任せていた……。

やわらかいぬくもりの中で、意識が浮《う》かび上がる。

背中にまわった腕《うで》が力強く身体を引きよせ、優しい指が髪《かみ》を撫《な》でている。

心地《ここち》よくて、目覚めたくなくて、研吾はその腕の中に丸くなる。

「起きたのか」

しかし夏目の方が気づいて、ふっと指の動きを止めた。

ちょっと落胆《らくたん》しながら、うん…、と研吾は目をこすった。

今日はカーテンがきちんと引かれているせいか、太陽もそれほどまぶしくはない。

「大丈夫《だいじょうぶ》か？」

気遣《きづか》ってくれるのが、本気――なのか、それとも夏目にしてもフリだけ、なのか。

案外、キツネとタヌキの化かし合い、なのかもしれない。

「腹、減った」

研吾は不自然にならないように、シーツになかば顔を伏《ふ》せた状態で、くぐもった声でそう言ってみる。

先にベッドを降りていた夏目が、ああ…、と思い出したようにつぶやいた。

「そういえば、ネコのエサはあるが、人間のエサがないな」

そしてふり返ると、軽く研吾の額から前髪を撫で上げる。

「何か買ってくるから、ネコにエサをやっておけ。キッチンの棚《たな》にネコ缶《かん》がある」

その言葉にベッドの中で研吾はうなずいた。

「何か欲しいものがあるか？」

ついでのように聞かれて、ちょっと胸が苦しくなった。

だましていることが後ろめたくて。

でもだまされていることが悔《くや》しくて。

研吾はただ首をふる。

耳を澄《す》ませて、夏目が玄関《げんかん》から出ていく音を聞き分けると、研吾はのそのそと起きあがった。

シャツだけを肩《かた》から引っかけると、研吾はまっすぐにチェストへ近づいた。

この間のあの白い粉——。

やはりアレがどうしても引っかかっていた。

もう一度調べてみよう、と思ったのだ。

チェストの引き出しを開ける手が震《ふる》えた。

本当のことを知るのが、なぜかとても恐かった。

——ずっと、それを知りたかったはずなのに。

そしてそれが本当に……ドラッグ、なら、間違いなく、夏目は免職《めんしょく》になるはずで。

深呼吸をして、そして思いきって、研吾はこの間の引き出しを開けた。

だが、隅《すみ》まで探してみたが、あの粉の入ったビニール袋《ぶくろ》はなくなっていた。他《ほか》の引き出しも念のためにさらってみたが、やはりない。

——処分した、のだろうか？

さすがに研吾はあせった。

と、この間は気づかなかった銀色のケースに目をとめて、中を開けてみる。

すると、中には未使用の小さな注射器が何本か入っていた。

思わず、目を見張る。

……もちろん、医者なら注射器の一つや二つ、持っていて不思議でも何でもないんだろうけど。

でも。

どうしても関連づけて考えてしまう。

そのケースを元にもどし、研吾はとりあえず、ベッドルームを出た。

どこか他に移したのだろうか……？

リビングのどこか。あるいは、書斎《しょさい》——とか。

と、みゃご、という小さな鳴き声に、研吾は思い出してキッチンでネコ缶を探し、一緒《いっしょ》におかれていたエサ用の皿に中身をあけて、ミケに出してやる。

どこから探せばいいんだろう？

買い物といっても近所だろうし、家中を探すほどの時間もない。

だが、見つからないのなら見つからないで、どこかホッとしている自分もいた。

――と、そのときだった。

静寂《せいじゃく》の中、ふいに電話が鳴りだして、研吾は飛び上がった。

リビングの棚の上におかれているのは子機の方らしい。

親機は……書斎、だろうか。別のドアの中から呼び出し音が聞こえている。

数回で子機は鳴りやみ、どうやら留守電に切り替《か》わったようだった。

研吾は反射的に書斎のドアを開けた。

書斎、というか、仕事場、なのだろう。

シンプルだがどっしりとしたデスクとイス、そして本棚。

片隅《かたすみ》の小さなテーブルの上で、薄闇《うすやみ》の中、電話機のディスプレイが光っていた。

『……もしもし。私だ』

少し年輩《ねんぱい》の男の声が響《ひび》いてくる。

どこかで聞いたことがあるような気もしたが……はっきりとしなかった。

『先方と直接会う日程だが、来週の土曜にしてもらえるとありがたい。時間は夜の八時。ついでに次の取引もすませてしまえるなら、私の方はそれで結構だ。では、よろしく頼《たの》む』

それだけ言って、ガチャリ、と切れる。

ツーツーという音のあと、自動音声のスタンプが日時を記録して、再びしん……、と静かになった。

しかし、ドキドキと研吾の心臓は大きく音を立て始めていた。

これは何か……とても重大なことじゃないだろうか。

そんな気がして。

取引——って、何の取引なんだろう……？

考えていると、玄関の方で鍵《かぎ》がまわるような音がした。

ハッと、研吾はあわてて書斎を出てドアを閉じると、足音を立てないように、しかし素早《すばや》く
バスルームへ飛びこんだ。

コックをひねって思いきり水を出す。

それから急いでシャツを脱《ぬ》いで脱衣所《だついじょ》へ放り投げると、頭からお湯をかぶった。

夏目がバスルームの前を通り過ぎるのがわかる。

ハーッと、研吾は大きなため息をついた。

シャワーを浴びていれば、夏目も研吾が留守電を聞いたとは思わないだろう。

後ろめたさに、いくぶん、胸がチクチクとする。

だが、大きな収穫《しゅうかく》、ではあったのだろう。

来週の土曜。八時の取引。

どうやらそれが、夏目のしっぽのようだった――。

◇　　◇

それから一週間。

研吾は何気なく夏目の行動に注意していたが、特にいつもと変わった様子はなかった。

……学校での、夏目は。

そして土曜日――。

研吾はバイトに休みの連絡を入れ、朝からその場所に向かっていた。

前に研吾が連れこまれた、あの廃《はい》ビルである。

留守電の主は場所は言わなかったから推測でしかないが、他の特別な場所だとしたら研吾には見当もつかない。

夏目を張り込んでいる手もあったが、今回は用心もしているだろうし、さすがに危険な気がした。

それに結局行き着いた場所がここならば、夏目をつけてきても、きっと例のヤクザっぽい男たちが見張っているだろうから、中には入れないのだ。

だから、研吾は誰《だれ》もいない、朝の時間からこのビルに潜入《せんにゅう》することにした。

このへんでは朝が一番、人通りが少ない気がする。

飲み物と食料と懐中電灯《かいちゅう》、そしてカメラを抱《かか》えて、研吾はこっそりとビルに入りこんだ。

カメラは、今持っている一眼レフを首からぶら下げていた。

今の不況《ふきょう》で、誰も借り手がつかないのだろうか。

五階建ての、そこそこきれいなビルだったが、確かに立地もあまりよくはなさそうだ。飲食店にしても、オフィスビルにしてもちょっと中途半端《ちゅうとはんぱ》で。

あるいは、廃ビルに見せかけているだけで、この間いたヤクザたちが買い上げているのかもしれない。

さすがに朝から昼の早い時間は誰もいる気配がなく、研吾はそっと順番に部屋を調べてまわった。

どこも鍵はかかっておらず、しかし一階はすべて空っぽだった。

そして二階の一室が、先日、研吾が連れこまれた事務所っぽい部屋だった。

その隣《となり》の部屋は空っぽに近かったが、カップ麺《めん》の食べかすなどが残っているところをみると、使われてはいるらしい。

そしてその隣が、絨毯《じゅうたん》が敷かれ、ソファなどの応接セットやバーカウンター――これはもともとあったものなのかもしれないが——が設置された場所になっていた。

客と会うための部屋か、あるいは、ヤクザでも上の方の男たちがくつろぐための部屋なのか。

どうやらここがメインに使われているのか。

三階から上も一応チェックしてみたが、リノリウムの床《ゆか》にはホコリがつもっていて使用されているフシはない。

研吾は階段に近い、三階の一部屋を拠点《きょてん》にした。

そこで夜まで待つ。

だらだらと階段を上る足音や、野太い男たちの声が響き始めたのは、夕方の六時も過ぎた頃《ころ》からだった。

研吾はハッと、部屋の窓際《まどぎわ》へよる。

しかし見つからないように壁《かべ》に張りついて、視線だけを外へと飛ばした。

外はすっかり夕闇が落ちていて、何人かビルに入ってきているようだったが、顔の判別はできない。

待つだけの時間は、ジリジリと長かった。

それでもようやく腕時計《うでどけい》が八時を示す。

外を見ていた研吾は、じっと目を凝《こ》らした。

夏目らしき長身の男が、誰かと連れだってやってくる。とっぷりと日が暮れて、明かりがない中ではもう一人の顔もよく見えない。

二人は建物の中に入ってきた。

……よし！

と、研吾は腹に力を入れた。

カメラを握《にぎ》りしめ、そっと廊下《ろうか》に出る。

ふいに、ぞくっとした。

――もし、今度、連中に見つかったら……。

命はないのかもしれない。

この間だって、夏目がいなかったらどうなっていたかわからないのに。

バカなことをしてるんだろうか……？

心臓がドキドキと音を立て始めた。

ずっと夏目が近づけないようにしていたのは、本当に危険なのだと、わかっていたからだろうか。

夏目が……夏目がいるから。

だから、だから、意味もなく大丈夫《だいじょうぶ》な気がしていた。

でも本当は、夏目が助けてくれる保証なんてないのだ。

ゴクリ、と唾《つば》を飲みこむ。

だが、もうあとには引けなかった。ここまできたら。

研吾はそっと階段をのぞきこんで、誰もいないのを確かめると、一段ずつ、ゆっくりと降りていく。

二階まで行き着くと、体勢を低くして、廊下の様子をうかがった。

ガラの悪い口調で男の話し声が聞こえてきて、研吾は思わず首を縮めたが、やがてパタン…というドアの音とともに遠くなる。

それから少し待ってみて、それでも廊下には誰も出てこないのに、研吾はそろそろと動き始めた。

この間研吾が連れこまれた事務所の前を身を低くして通り過ぎ、その二つ隣のドアに張りついて、耳を澄《す》ます。

男たちの笑い声のようなものが聞こえてきた。

「……こうしてお会いできたことですし、これからも先生にはよろしくお願いしますよ」

機嫌《きげん》のよさそうなそんな男の言葉。

先生――というのは、夏目のことだろうか。

研吾は息をつめて、そっとドアのノブに手をかけた。

ゆっくりと、ゆっくりとまわして、そしてクッ…と力を入れる。

ふっ…、と軽くなる感じがあって、ドアはほんのわずかに、音もなく開いた。

その隙間《すきま》から、研吾は中をのぞきこむ。

そしてまず飛びこんできたのは、テーブルの上の積み上げられたキャッシュ——だった。

どのくらいあるのだろう。

無造作に数百万、といったところか。

だがどうやらそれはほんの一部で、横の手提《てさ》げのアタッシュケースの中にはさらに入っているらしい。

そして、それと並べられるようにもう一つのカバンの中には……いつか、夏目の部屋で見つけたような白い粉の入ったビニール袋と、そして、一つずつビニールパックされた錠剤《じょうざい》のようなものがいっぱい入っていた。

取引……って、やっぱり。

ドラッグ、なんだろうか……。

呼吸がだんだんと速くなる。

それをとりかこむように、数人の男がソファに腰《こし》かけていた。

こちらに背を向けて立っている男が一人。ボディガードという感じで、その前にすわっている横幅《よこはば》のある男が、ヤクザの幹部、といったところだろうか。

そしてそのむかいには、夏目がゆったりと足を組んで腰を下ろしていた。こんな現場にもかかわらず、穏《おだ》やかな笑《え》みをたたえている。

——やっぱり……。

確認《かくにん》して、なぜがズキッと胸に響《ひび》いた。

わかっていた、ことだけど。

やっぱり何かの間違《まち》いじゃないか、と、思っていたけど。

研吾は思わず唇《くちびる》をかんだ。

そして、前に立つ男の背中の陰《かげ》でよく見えなかったが、夏目の隣にもう一人。

一緒《いっしょ》にきた男だろう。

「ええ…、やり方は今まで通りで」

そう言った声は、留守電の男のものだ。

やっぱり、どっかで聞いた気がする。

考えながら、研吾は角度を変えて、何とかその男の顔を見た瞬間《しゅんかん》、あっ、とあやうく声を上げるところだった。

——田巻だ。月ノ森の教師の。

なんで……？

田巻も、こんなことに関《かか》わっていたのか。

愕然《がくぜん》としたが、それでもようやく我に返り、研吾はカメラをしっかりと握り直した。

ドアの隙間にレンズを差しこみ、夏目や田巻の顔、そしてテーブルの上の金とクスリが入るように角度をとる。

そして震《ふる》える手でシャッターを押した瞬間、それは思ったより大きな音であたりに響いた。

ハッ、と一瞬で、背を向けていた男がふり返った。

ヘビのような鋭《するど》い目が研吾の顔を真正面からとらえる。

研吾は足がすくんで動けなくなった。

男はあっという間にドアに近づくと、ものすごい勢いで開く。

「うわ…っ」

吹《ふ》き飛ばされるように研吾は二、三歩、あとずさり、そして次の瞬間、逃《に》げなきゃ！　と本能が叫《さけ》んだ。

「おいっ、誰《だれ》かこいっ！」

男が叫ぶと同時に、研吾は走り出した。

――が。

その男の声に、泡《あわ》を食ったようにバタバタと隣《となり》の事務所から男たちが飛び出してくる。

研吾はまともにその中につっこんで、むこうも予期していなかったように、一瞬体勢をくずしたが、やはり体格が違う。

跳《は》ね返されるように、研吾はよろめいた。

「おいっ！　てめぇ…、何してやがるっ！」

その手の中にカメラを認めたのだろう。男の声が気色ばんだ。

まずい――、と、あせった研吾は再び男たちの間を突破《とっぱ》しようとしたが、今度はあっさりと両腕をつかまれてしまった。

「は…放せ…っ、放せよ！」

めちゃくちゃにもがいてみるが、左右から押さえこまれていては抵抗《ていこう》のしようもない。

「あぁ？　このガキ、確か……」

その片方の男が研吾の顔をのぞきこんでうなった。

研吾にも見覚えがある。この間捕《つか》まったときにもいた男だ。

「コイツ、先生の……」

怪訝《けげん》そうにそうつぶやいて顔を上げた。

応接室からは、その騒《さわ》ぎに中の人間がぞろぞろと廊下《ろうか》へ顔を出していた。

――もちろん、夏目も。

「何だ、このガキは……」

引きすえられて、幹部らしい男がうなる。

「君か……」

その横で、どこかあきれたように夏目がつぶやいた。

「先生のお知り合いですか？」

尋《たず》ねた男に、夏目は軽く肩《かた》をすくめてみせる。

「うちの生徒ですよ。……まあ、私がちょっと可愛《かわい》がっていた子なんですけどね」

「夏目……」

さらりと言われて、研吾はギュッと心臓がつかまれたような気がした。

やっぱり……やっぱり、夏目にとってはその程度のものだったのだ。

ちょっとした遊びで。

手《て》懐《なず》けて、言うことを聞かそうとしていただけ——。

「困った子だな。おイタが過ぎるね」

冷たい眼差《まなざ》しがスッと落ちてくる。

「仕方がない。そちらで好きに処分してもらってかまいませんよ」

軽く眼鏡《めがね》を直し、腕《うで》を組んで、夏目は男たちに向かってあっさりと言った。

「田巻先生までいるのを見られてしまっては、どうしようもないでしょう」

処分——。

その冷酷《れいこく》な言葉に、ゾッと背筋に冷たいものが走る。

「夏目！」

思わず叫んだが、夏目は顔色一つ、変えなかった。

代わりに、薄《うす》く微笑《ほほえ》む。

「……ああ、この子、よく開発してありますからね。何なら、試《ため》してみてからでもいいかもしれませんね。楽しめると思いますよ」

その言葉に、研吾は凍《こお》りついた。

一瞬、心臓が止まったようだった。

そんな……そこまで。

「夏目……あんた……」

言葉にならなかった。

「何度も言っただろう？　私のまわりをちょろちょろするなと。おとなの事情に口をはさむものじゃない」

冷ややかな目。突《つ》き放したような言葉。

胸の奥に鋭い刃物《はもの》が突き刺《さ》さったようだった。

「あんた……最低だなっ！」

男をにらみつけ、腹の底から、研吾は吐《は》き出した。

好きだよ――、とささやいてくれた甘い言葉はウソだったのだと、わかっていたはずだった。

それでも、こんなに心臓が痛いのは、心のどこかで信じていたんだろうか。

信じたかったんだろうか……。

抱《だ》きしめてくれた腕の強さとぬくもりを。

ミケを助けてくれた優《やさ》しさを——。

声もなく、自分でもわからないまま、涙《なみだ》がこぼれ落ちていた。

研吾はそのまま、引きずられるように先日の事務所へ連れこまれた。

カメラをむしりとられ、身体《からだ》をソファへと押しつけられる。

「どうした？　今日はずいぶんおとなしいじゃねぇか？」

男の一人が下卑《げび》た笑いを浮《う》かべた。

両腕を押さえこまれたまま、手荒《てあら》にズボンを脱《ぬ》がされ、それから順に、上も引きはがされていく。

研吾はろくに抵抗もしなかった。

悲しいとか、つらいとかいう感情は通り越《こ》しているようだった。

もう、絶望、しかない。

あのときみたいに、夏目が助けてくれることはない。

誰も、助けにきてくれることはないのだ……。

「ケツの具合、いいんだって？　先生にずいぶん可愛がられたんだな……」

その言葉に、ビクッと身体が揺《ゆ》れる。

しかし研吾は目を閉じて、身体の力を抜《ぬ》いた。

そうだ。どうせ、誰にやられたって同じだった。

あのとき……こいつらにやられていたって、夏目にやられたのだって、結局、同じことだった。

「——あぁぁっ！」

いきなり、男が力ずくで研吾の両足を開いてくる。

押さえこまれていた腕はいつの間にか離《はな》れ、研吾の身体はずり落ちるようにソファに倒《たお》れこんでいた。

中心が男の目の前に大きくさらけ出される。

可愛いねぇ…、とからかうようにつぶやきながら、男は何かもてあそぶように研吾のモノを指でいじりまわした。

愛撫《あいぶ》とは言えないまでも、そこをなぶられ、気持ちとは関係なく徐々《じょじょ》に湧《わ》き出してくる感覚に、研吾はきつく唇《くちびる》をかみ、両腕で顔をおおった。

「ふーん…、いいカメラ、もってんじゃん」

男の一人が、研吾から奪《うば》ったカメラを手にとって、上に下に眺《なが》めまわす。

「撮《と》ってやろうか？」

そしてにやにや笑いながら、レンズを研吾の方に向けてきた。

「よせ……っ！」

さすがに研吾は顔をそむけた。

しかし容赦《ようしゃ》なく、カシャッ…、とシャッターが切られる。

研吾は思わず息を飲んだ。

「ほら、ココの恥《は》ずかしいとこ、撮ってやれよ」

研吾の足をつかんでいる男が笑いながらうながす。

「やめろっ！」

たまらず叫《さけ》んだが、軽いシャッター音は食いこむように耳に届いた。

「そうだ、こっちもな」

言いながら、ぐいっと男が研吾の膝《ひざ》を押してくる。

「あっ…」

軽く腰《こし》が浮かされ、さらに奥がさらけ出された。

男の指が無造作に後ろの入り口を押し開き、小さな窪《くぼ》みをあらわにする。

「や…いやだ……っ！」

研吾はさすがに身をよじって暴れたが、男の力にはかなわず、体重をかけて押さえこまれると、身動きがとれなくなる。

「ふーん…、ちっちゃいなー。こんなとこに野郎《やろう》のモンをくわえこむのか」

感心したようにつぶやきながら、カメラを持った男が指先でいじってくる。

「あっ…、あぁっ…！」

「おっと」

跳《は》ね上がる腰を、さらに男が力をこめて押さえつけた。

「アップでとってやろうか？」

嫌《いや》がらせのように言いながら、男が次々とシャッターを切っていく。

「う……」

情けなくて、恥ずかしくて、研吾は喉《のど》に嗚咽《おえつ》をつまらせた。

「入れてみろよ。入ってるとこ、とってやるから」

楽しげに男が仲間を誘《さそ》う。

あっ…、と身をすくませた研吾にかまわず、のしかかっている男はよしよし、とつぶやきながら、研吾の足の間に身体をねじこんできた。

「カメラじゃなくて、ビデオ、まわしとけばよかったなー。小遣《こづか》い稼《かせ》ぎになったかもな」

「まだチャンスはあるだろ？　どうせなら、使い倒してから殺《や》ればいい」

さらりと口にされたおそろしい言葉に、研吾はギュッと目を閉じた。

何人もにまわされて、ボロボロにされて、それから海にでも捨てられるんだろうか……？

しかしそんな想像は、あまりにも現実感がない。

「ひ…あぁぁぁぁぁ……！」

と、いきなり男に指をつっこまれ、すさまじい激痛に研吾は悲鳴を上げた。

「やっ……いやあぁっ……！　放せ……っ、放せよ……っ！」

たまらずわめき散らす。

「いいぞ。やっぱり抵抗《ていこう》してくれなくちゃな」

喉で笑いながら、男がさらに奥へと指を突き入れる。

「あ……あ……」

異物を押しだそうと無意識に締《し》めつけるたび、さらに痛みが増す。身体が引き裂《さ》かれるようだった。

夏目には、夏目にされたときには、こんなひどい痛みはなかったのに。

ひどい男だったけど、ゆっくりと慣らして……濡《ぬ》らしてからしてくれた。

そう思った次の瞬間《しゅんかん》、こんなになってもまだあの男のことを考える自分に、笑いたくなる。

——バカ……ホントにバカだよな……俺。

「きついな……、これ。大丈夫《だいじょうぶ》か？」

男がぶつぶつとつぶやいた。

「つっこんじまえばいいんじゃないのか？」

もう一人が言うのに、そうだな、と男はあっさりと同意して、いったん指を引き抜いた。

ホッとしたのもつかの間、すぐに男の先端《せんたん》がじくじくと痛む入り口に押しあてられた。

「あ……」

恐怖《きょうふ》が喉にからまって、声も出ない。

少しでも力を抜かなきゃ裂ける——、と頭ではわかっているのに、身体はすくんでさらに強《こわ》張《ば》ってしまう。

「いや……やめろ……」

しわがれた声がようやく絞《しぼ》り出される。

「どうした？　男のモノ、ココでくわえこむのが好きなんだろ？」

しかし笑いながら冷酷《れいこく》に言われて、研吾は涙混じりの息を飲んだ。

夏目が——この男たちにそう言ったのだ、と思うと、どうしようもなくみじめで。

最低……最低だっ、あの男——。

自分を犯そうとしている目の前の男たちよりも、夏目の方に怒《いか》りが募《つの》る。

頭の中が真っ赤になるようで、悔《くや》しさと憤《いきどお》りが、どんどんと身体の中にふくれあがってくる。

「く…そ…っ」

歯を食いしばるように研吾はうめいていた。

そして、最後の気力をふり絞って研吾は叫んでいた。

「夏目の……バカやろうっっ！　クソったれっっ！　死んじまえ————っっ！」

せめて隣《となり》まで聞こえればいい、と思いながら。

おわっ、というように、研吾の足をつかんでいた男が、一瞬、のけぞる。

ぜぃぜぃ、と研吾は息をついた。

──と。

「……ずいぶんな言葉だな。このご時世にボランティアで助けに来てやった正義の味方に」

ふいに響《ひび》いた声に、研吾はハッとした。

男たちも驚《おどろ》いたように、いっせいに戸口をふり返る。

涙《なみだ》ににじんだ視界の中に、見慣れた顔がゆがんで浮《う》かび上がる。

──何……？　なつ……め……？

それはわかったが、どうしてここにいるのかわからない。

今さら。

今さら何の用だっ、と怒鳴《どな》り散らしたくなる。

何が正義の味方だっ、人を売っておいてっ！

「せ…先生……」

一瞬、たじろいだような男たちも、馴染《なじ》みの顔に愛想笑いを浮かべながら首をかしげた。

「どうしたんですか、いったい？」

夏目はそれには答えず、ゆっくりと近づいてくる。

そして──。

研吾の足をつかんだ男の横に立つと、ちろり、とソファに転がった研吾を見下ろした。

「いい格好だな」

低くつぶやく。

研吾は思いきり男をにらみつけた。

見に……きたのか？

自分のこの情けない格好を。男たちにまわされるところを。

怒りで、必死に歯を食いしばるそばから震《ふる》えてくる。

そんな研吾からふい、と視線をそらし、夏目は男に向き直った。

「こいつが世話をかけた礼をしないといけないな」

夏目の言葉に、へ？　と男が怪訝《けげん》に見つめ返す。

その次の瞬間――

ふりかぶった夏目の拳《こぶし》が、思いきり男の顔にヒットしていた。

にごった声を上げて、男がテーブルの上に吹《ふ》っ飛ぶ。

だらりと油断していただけに、ダメージは大きかったのだろう。

「なっ…なんだ……っ!?」

ひっくり返った声を上げて、もう一人の男が持っていたカメラをとり落とす。

夏目は無表情なまま、男を殴《なぐ》った手を軽くふる。そしてゆっくりとそのカメラを拾い上げると、もう一人の男に向き直った。

「おまえにカメラの正しい使い方を教えてやろう」

淡々《たんたん》とそう言うと、夏目は呆然《ぼうぜん》としたまま立ちつくす男を、いきなりそのカメラの角でぶん殴った。

いったい何を言い出すのかと息をつめて見つめていた研吾は、あまりのことに声もなく、ただ大きく目を見開いた。

男は殴られた後頭部を押さえこんで、床《ゆか》でのたうちまわっている。指の間からは血がにじみ出していた。

さすがに、いいのか…、大丈夫なのか…、と研吾は心配になった。

心配してやる義理はないのだが、これは、夏目……立派な傷害、じゃないんだろうか？

そして夏目がくるり、と再び研吾に向き直った。

鋭《するど》い目で全身を眺《なが》められ、研吾は思わず身をすくめる。

——いや、別にこっちがおびえる必要はないはずで、研吾は腹に力を入れると、ギッと夏目をにらみ返した。

「な…んだよ……？」

どういうつもりなのか、まったくわからなかった。

こいつらに売り渡《わた》したり、助けたり。

夏目はムスッとしたままスーツの上を脱《ぬ》いで、研吾の身体に放り投げる。

そしてため息をついた。

「まったく、どうしようもないな、おまえは」

その言いぐさに、研吾が何か言い返そうとしたとき、ふいに廊下《ろうか》がバタバタと騒《さわ》がしくなった。

一気に何十人もの人間がなだれこんできたようで、この部屋の中にも数人が飛びこんでくる。

一人はよれよれのスーツ姿の男で、あとは——警官、だ。

研吾は目を丸くした。

「あ、警視！　ご苦労様です」

そう言うと夏目に向かって敬礼をして、そして床でうずくまっている男たちを手荒《てあら》に引っ張り上げた。

そしてそのまま手錠《てじょう》をはめると、乱暴に連行していく。

「えーっと、その子は……？」

そして、ソファでいかにも強姦《ごうかん》寸前、という研吾に目をとめて、どこか視線をそらしながら男が尋《たず》ねてきた。

「いや、この子はいい。巻きこまれただけだ。身元もわかっている。必要なら、あとで出頭させる」

夏目がそう答えると、わかりました、と男はうなずいて部屋を出た。

「──警視？」

わけがわからず、研吾はまじまじと夏目を見上げた。

何か、怒気がそがれた感じだった。

廊下には口汚《くちぎたな》い怒声が響き渡り、田巻の必死に言い訳するような声も届いてくる。

どうやらむこうで「取引」していた男たちも逮捕《たいほ》されたようだった。

……って、あれ？

「あ、あれっ？　夏目警視？」

研吾の心の中を代弁するように、さっきの男が廊下で素《す》っ頓狂《とんきょう》な声を張り上げている。

「早く服を着ろ」

しかしそれにかまわず、夏目は不機嫌《ふきげん》な様子で顎《あご》で指示してきた。

言われてようやく思いだし、研吾はあわてて脱がされた下着から服を急いで身につける。

「お。どうだ？　もう食われちまったか？」

と、ふいにドアのあたりからかかった声に研吾がハッと顔を上げると。

「な…夏目!?」

思わず叫《さけ》んでいた。

自分の目を疑った。

開いたドアに肘《ひじ》をつけて、夏目が立っていた。

――そして、自分の目の前にも、もう一人の夏目が。

「な……」

口も目も開ききったまま、言葉にもならない。

頭の中も真っ白だった。

夏目が……二人いる……？

と、ツカツカともう一人の夏目に近づいていった夏目が、相手の襟首《えりくび》を乱暴にひっ捕《つか》まえた。

「きさま…、どういうつもりだ？」

殺気だった声に、しかし相手の方はひょうひょうとしたままだ。

「おいおい。人のせいにばかりするなよ、カズ。そいつを放し飼いにしていたおまえの責任だろうが？」

「だからといってこういうやり方が許されると思っているのか？」

「だったらあの場で即《そく》、殺されててもよかったのか？　やられてる間は少なくとも死ぬ心配はないだろうしな」

夏目（多分、研吾の、じゃない方）はさらりと答えたが、考えてみればおそろしいセリフだ

つまり、少々やられることはしょうがない、ということで。

「夏目高臣だ。よろしくね、研吾くん。――つっても、もう何度か会ってるけどね」

襟首をしめられたまま、ひらひらともう一人の夏目が手をふってくる。

兄弟？——というか。

「ふ…双子《ふたご》……？」

思わず研吾は確認《かくにん》した。

あまりにも、似すぎている。

顔の作りはもとより、身長や声の高さ、歩き方まで。

「ああ。不幸なことにな」

と、ようやく兄から手を離《はな》した夏目が、妙《みょう》に嫌《いや》そうにうなずいた。

「……ひどいな、カズくん。僕はこんなに弟を愛しているのに」

喉元《のどもと》のタイを直しながら、夏目兄がぶつぶつ言う。

そういえば、以前夏目が「変わり種の兄」と言っていたのは、この人のことだろうか。

と、ハッと、研吾は気づいた。

何度か会った……、というと、ひょっとして最初に保健室へ行ったとき、夏目が自分を覚えてなかったのとか、あの土曜の夜に研吾を冷たくあしらったのとか。

ラブホへ入っていたのも……こっちの夏目、だったんだろうか？　捜査《そうさ》の一環《いっかん》か何かで？

そしてもちろん、さっきのも。

あれ、でも最初に研吾を助けてくれたのは——？

「——あ、警視、ちょっとお願いします！」

と、背後から声がかかって、ふり返った夏目兄は、すぐ行く、と返す。

弟と話しているときとはまるで違《ちが》う声のトーンと雰囲気《ふんいき》だった。

警視、ということは、警察官だということで——、しかも、夏目と同じ年で警視だとすれば、キャリア、なのだろう。

弟相手ではとてもそうは見えないが、部下を前にするとまた違うのだろうか。

弟に軽く手を挙げて、またあとで報告する、と言うと、夏目兄は呼ばれた方へと歩いていった。

「ほら、帰るぞ」

相変わらず不機嫌なまま、夏目がうながしてくるのに、研吾もようやく腰《こし》を上げた。

そして、夏目のスーツをしっかりと握《にぎ》りしめると、思いきりにらみ上げる。

「全部、話してもらうからな」

夏目はやれやれ、というように深いため息をついた……。

◇　◇

と、夏目のマンションに帰り、リビングに落ち着いて、ようやく夏目が説明してくれた。

「ここ数年、若い月ノ森のOB……特に芸能関係者で麻薬常習者が報告されていたんだ。しかもOBだけでなく、学生にも広がり始めていてね。どうやら内部で誰《だれ》かがさばいているらしい、ということはわかったんだが、受け渡《わた》しなどに直接顔を出さないんで、なかなかしっぽがつかめなかったんだよ」

「それが……田巻先生？」

研吾はソファの上にあぐらをかいて、その膝《ひざ》の上でミケを遊ばせながら、ふっと眉《まゆ》をよせる。

そして、思い出した。

錯乱《さくらん》状態で保健室に担《かつ》ぎこまれてきた男子生徒――。それに、田巻先生がいつか口論していたらしい相手の生徒――。

そうだ。両方とも、親が俳優とか、ミュージシャンとかのヤツらだった。

「……つまり、な」

親が俳優の方の息子《むすこ》は、そういえば自分自身もデビューしていたが、泣かず飛ばず、というか、売れているようではなかった。そのあたりで、薬に手を出してしまったのか。

「そう。ようやくそれを突《つ》き止めたはいいが、田巻はなかなか用心深い男でね。自分ではほとんど、手元にドラッグをおくことはしなかったんだ。売人は自分でも中毒者のことが多いんだが、田巻は使っていなかったしね。持ってなければ、不法所持で逮捕するわけにもいかない。密売の確固たる証拠《しょうこ》がないとね。それで、警視庁にいる兄に頼《たの》まれて、ちょっとトリックをしかけてみたんだよ」

それが双子作戦、というわけだ。

校医として田巻に近づいた夏目が、別に近づいていた暴力団からドラッグを仲介《ちゅうかい》するということで、田巻と相手方を引き合わせる。その現場に踏《ふ》みこめば、一石二鳥の現行犯、ということだ。

「危険なんじゃないのか……？」

田巻だけならまだしも、暴力団相手にだますなんて。

夏目は軽く肩《かた》をすくめた。

「だから、私が顔を出したのは最初だけだ。——おまえがのこのこつかまったときにな。最初は月ノ森の校医として、ボロが出ないようにしないといけなかったし。芸能関係者とつながりの多い月ノ森にルートがあると、さらに口コミで広がっていって、金払《ばら》いもいいし、いい顧客《こきゃく》だったようだな。そしてあとはずっと、兄が私のフリで連中と接触《せっしょく》していた。田巻の相手だけ、私がしていたけどね」

やっぱり、最初に助けてくれたのは夏目だった――。

そう思うと、ちょっとホッとする。

そうじゃなかったら、最初に抱《だ》かれたのだって……あの、お兄さんの方になるんだし。

「……まったく。今日に限ってバイトを休んだと聞いたから、まさかと思ったら」

じろり、と鋭《するど》い目でにらみつけられる。

研吾は何となく首を縮めながら、膝に抱いたミケに、だってなー、と小さくつぶやく。

みゃあ、とミケは同意してくれた。

「おまえ、あの留守電、盗《ぬす》み聞きしただろう？」

ますます立場がない感じで、研吾はミケの頭に自分の額をつける。

「あんた……俺のバイト、監視《かんし》してんの？」

それでもちょっと面白《おもしろ》くない感じで、下を向いたまま、研吾はぶちぶちと言った。

「監視はしていないが、管理はしている」

淡々《たんたん》と言われて、ちょっと意味をとり損ね、研吾は怪訝《けげん》に顔を上げた。

「『マーキュリー』のオーナーは私だ」

「え…、えぇぇぇぇぇっ!?」

そしてさらりと言われた言葉に、研吾は思いきり叫《さけ》んでいた。

「なっ、なんでっ？」

「なんでもどうしても、私の持ち物だからな」

そう言って、そしてため息とともに小さく笑った。

「おまえの履歴書《りれきしょ》がまわってきたときは驚《おどろ》いたが」

「お…俺のこと、知ってたの？」

「そのときは名前と顔くらいだったか。好みのタイプは記憶《きおく》していたからな」

……やっぱり、趣味《しゅみ》を兼《か》ねて校医になったに違いない。

にやり、と笑った男に、研吾は内心でうめいた。

「面接も隣《となり》の部屋で聞かせてもらったよ」

あっ、と研吾はようやく気がついた。

どうりでよく知っていたはずだ。研吾が報道記者を志望していることとか、新しいカメラを買うためにバイトしていることとか。

「……でも、だったら、俺を辞《や》めさせることなんか、簡単だったじゃん!?」

思わず、研吾は身を乗り出して尋《たず》ねていた。

まわりくどく、バイトを辞めろ、と脅《おど》したりしなくても。

「あのタイミングで辞めさせたら、私が手をまわしたのだと疑ってよけいに反発するだろう。

そうでなくても、うちでのバイトを辞めさせて、すぐに同じようなバイトを見つけてもらっても困るしね。それなら手元において、しっかり見張っている方がまだマシだ」

なんだか、それもそれ、って気もしなくもない。

……結局、手の上で踊《おど》らされただけなのか、と思うと、ちょっと腹の中がもぞもぞする。

でも。

夏目は、ウソは、ついてなかったんだろうか？

研吾には。

ずっと、心配してくれていた……んだろうか？

少しためらうように、研吾は口を開いた。

「……なあ」

まっすぐに前を見るのが恥《は》ずかしくて。

それでも、一番聞きたかったことを、聞いた。

「俺のこと、好き？」

膝の上でごろごろしているミケの喉《のど》を撫《な》でながら。

なんでもないことのようなフリで。

夏目がかすかに笑ったような気がした。

そして、静かに答えた。

「好きでなければ、ボランティアで助けにいったりはしない」

思わず、研吾は顔を上げる。

そして思いきり目が合って、あわてて視線をそらした。

「でもっ」

なんだかそのまま受け入れるのが悔《くや》しくて。

「いっぱい……意地悪したくせに…っ」

なじるように研吾は言った。

「好きな子ほどいじめたいんだよ」

それにあっさりと夏目が答える。

「いっぱい……泣かせるくせに……」

「好きな子ほど、泣き顔が見たいからね」

まるで、赤ずきんちゃんに答える狼《おおかみ》のようだ。

うさんくさいこと、この上ない。

……だけど。

その言葉を信じたい、と思った時点で、きっと負け、なのだ。

研吾はもぞもぞと上目づかいに夏目を見た。

「……そんなに、好き?」

うかがうように尋ねてみる。

言いながら、自分の頰《ほお》が熱くなるのがわかる。

「どれだけ好きか、教えてやろうか？」

夏目が意味深な目で笑う。

その意味がわからないほど、研吾も子供ではなくて。

それでも、あたふたと視線を漂《ただよ》わせる。

「そうだな…、おまえにも教えてもらわないとな？　どれだけ私のことが好きなのか」

低い声がゾクッと肌《はだ》に沁《し》みこんでくる。

「好きじゃ……ねぇもん……そんなに」

うつむいてもぐもぐと口の中で言いながら、なんだか意固地になったみたいにミケにかまう研吾の目の前にスッ…と黒い影《かげ》が差した。

あっと思ったときには、ミケが膝《ひざ》からつまみ上げられ、床《ゆか》のバスケットの中にぽい、と放りこまれる。

そして研吾に向き直って、ふむ、と首をかしげた。

「おまえは襟首《えりくび》を捕《つか》まえるには、少し大きいようだな」

そう言うと、どうする気だ…？　と用心深く見つめる研吾に、いきなり足払いをかける。

「うわっっっ！」

そして後ろのソファに背中から倒《たお》れかかるところを、夏目が腕《うで》を引いて抱きよせた。

軽く膝を落とした夏目は、そのまま研吾を肩《かた》に担《かつ》ぎ上げると、悠々《ゆうゆう》とリビングをあとにする。

「ちょっ…、なんだよ！　これっ！」

荷物みたいに肩に担がれて、研吾はジタバタしながら夏目の背中をたたきまくったが、すぐにベッドへ放り出された。

「俺のこと、好きじゃないだろっ!?」

顔からベッドに落ちて、こすれた鼻を押さえながら研吾はわめいた。

「私の言うことが信じられないというのなら」

言いながら、夏目もベッドへ乗り上がり、逃《に》げ場を探してあとずさる研吾の腕を強引《ごういん》に引きよせた。

「信じられるようにしてやるだけだな」

腕の中に背中からすっぽりと抱きこむと、前にまわした指で研吾のシャツのボタンをはずしていく。

夏目の腕に抱かれて、背中に直《じか》にあたる熱が、恥ずかしいくらいに身体《からだ》をほてらせる。

夏目の指はさらに手際《てぎわ》よく動いて、ズボンの前をゆるめると、下着ごと引き下ろした。

「く…っ」

研吾はぎゅっと目を閉じた。

夏目の腕がしっかりと腰《こし》を押さえこんだまま、もう片方の手が中心へとすべり落ちていく。ヒクヒクと痙攣《けいれん》する内腿《うちもも》を優しく撫で、じらすようにまわりをたどられたあと、ようやく中心がきゅっと握《にぎ》られた。

「んん…っ」

研吾はわずかに胸をそらせた。

指先で巧《たく》みにしごかれるたび、研吾自身も腰をうごめかせ、自分から快感を追い求めていく。

夏目の手の中であっという間に研吾のモノは硬《かた》くしなり始め、先端《せんたん》からはもの欲しげに小さな滴《しずく》をこぼし始める。

茎《くき》を伝ってこぼれ落ちたそれを指先ですくいあげ、夏目は指先だけでくすぐるように研吾のモノを撫で上げた。

決して強くはなく、こする、というよりも、ただなぞるだけで、研吾はじれてますます腰を揺《ゆ》らせてしまう。

くすくすと夏目が耳元で笑った。

そして腰を支えていた腕がスッと上の方に撫で上がり、手のひらを胸のあたりにすべらせると小さく飛び出た胸の突起《とっき》を指先で押しつぶすようにいじり始めた。

「や…っ、あ……っ」

その鋭《するど》い刺激《しげき》に、研吾はたまらず身をよじる。

「どうした？　ここもこっちも」

と、夏目が下肢《かし》の方で立ち上がっているものをするりと撫でた。

「あぁぁぁっ」

ビクビクっ、と研吾が腰を跳《は》ね上げる。

「ん…？　こんなに硬くして。いじられるのが好きなんだな」

耳たぶをやわらかくかみながら、意地悪く夏目がささやく。

「ち…が……」

研吾は必死に首をふるが、じゃあやめるか、とあっさりと言われて、返事につまる。

「好きか嫌《きら》いか、ちゃんと言いなさい」

「あぁぁぁぁっ！」

小さな乳首《ちくび》をひねりながら聞かれ、研吾はぶんぶんと首をふった。

「や…っ、いや…だ…っ！」

「なるほど。これは嫌《いや》なんだな？」

すっかり硬く、芯《しん》を持って立ち上がっているものを指先で弾《はじ》き、つまんでこすって、さらに刺激しながら、夏目が念を押してくる。

その都度、鋭い刺激が下肢へ走り、研吾はたまらず腰をくねらせる。

「あっ…ん…っ」

「こっちも……、おや、もうこんなにヨダレをたらしているのに……。触《さわ》って欲しくないということか？」

半分シャツを引き下ろしたうなじから肩口に唇《くちびる》をすべらせながら、夏目が爪《つめ》の先でツッ…、とそそり立つ研吾の、表面だけをなぞっていく。

裏筋をたどり、くびれをくすぐると、蜜《みつ》をこぼす先端を軽くつっつく。

「ひぁ…っ、あぁぁ……っ」

ジン、と疼《うず》くようなもどかしさに、たまらず研吾は自分の手を伸《の》ばした。

中心を握ると、すでにそこは自分の流したものでべっとりと濡《ぬ》れている。

「あっ、あっ、あぁっ」

二、三度こすって、さらに快感を追いかけようとしたとき、その手はあっけなく引きはがされた。

「はしたないな。自分でなぐさめようだなんて」

そう言うと、夏目は研吾の腕を後ろにまわしたまま、半分脱《ぬ》げかかっていたシャツを背中に引き下げ、肘《ひじ》のあたりでからめつけてしまった。

「な…つめ…っ、や…っ、放せ…よ……っ」

両腕の自由を奪《うば》われて研吾は必死に身をよじったが、まともな抵抗《ていこう》にもならない。

夏目の指が、中途半端《ちゅうとはんぱ》に放り出されてじくじくと疼いたままの研吾の中心をするり、と撫《な》でる。

「ここをどうして欲しいのか言ってみろ」

そして耳元で命じてきた。

研吾はぎゅっと目を閉じて、唇をかんで、歯を食いしばって、ただぶるぶると首をふることで、最後の意地を張ってみる。

「相変わらず、強情者だな」

吐息《といき》だけで夏目が笑う。

「だが私はかまわないぞ？　好きなだけ、意地を張ってみればいい」

そう言うと、夏目は指先で根本のあたりから奥の球をゆっくりとなぶり始める。

そうするうちにも、先端からは次々と蜜がこぼれ落ち、淫《みだ》らに震《ふる》える茎を濡らしていく。

「ひ……ぁ……」

身体をいっぱいにそらせながら、研吾はその刺激に耐《た》えた。

夏目がもう片方の指を研吾の口元に運び、二本、くわえさせる。

「ふ…ん…っ」

鼻でうめきながら、研吾はそれに舌を這《は》わせた。

しばらくなめさせられたあと、たっぷりと唾液《だえき》のからんだ指が引き抜《ぬ》かれ、その濡れた指で乳首がなぶられる。

「あぁぁ…っ、あぁぁぁっ！」

ぞくっとするような痺《しび》れが全身に走っていく。

「嫌だというわりには、ずいぶん感度がいい。こんなにとがらせて」

言葉でいたぶりながら、夏目がさらにそこをいじめ続ける。

熱がどんどんと下肢にわだかまり、いっぱいにふくらんで、今にも爆発《ばくはつ》しそうなのに、して
しまいたいのに、……何か、足りない。

「な…つめ……ぇ……」

とうとう、研吾は助けを求めるように呼んでいた。

「どうした？」

優《やさ》しげな声で、夏目が尋《たず》ねる。

「も……許し……て」

必死にあえいだ研吾に、夏目は無慈悲《むじひ》に言った。

「何をだ？」

研吾は何がなんだかわからないように、ただ首をふる。

「何をどうして欲しいのか、きちんと言ってみろ」

うながされ、乾《かわ》いてしまった唇をなめ、ようやく研吾はうめいた。

「俺…の……、して……」

「おまえの？　おまえのこのイヤラシイのか？」

言いながら、夏目が手のひらできゅっと研吾の中心を握った。

「あぁぁぁっ！」

背筋を走り抜けた快感に、研吾はあられもない声を上げてしまう。

「もっ……と…ぉ……こすって……いっ…ぱい……！」

「いっぱいこすって欲しいのか？」

泣きながらねだると、夏目が舌先を耳の中に入れてかき混ぜながら、甘くささやく。

どうしようもなく、研吾はガクガクとうなずいた。

「私の手で、こうやっておまえの可愛《かわい》いのをしごいてもらうのが好きなんだな？」

その恥《は》ずかしい言葉の意味をもはや考えることもできず、研吾はただうなずき続ける。

早く、早く、最後まで到達《とうたつ》したかった。

「私の手でされるのが好きだと、ちゃんと言いなさい」

夏目がそろり、と手の中のモノを愛撫《あいぶ》しながら命じる。

「……な……め……の……手……されるの…が……好き……ぃ……」

もはやまともな言葉にもならず、うながされるまま、研吾は何度もそれをくり返した。

「そうだ。いい子だな」

くすくすと笑いながら、夏目がようやく許してくれる。

そしてさらに大きく研吾の足を開かせると、ようやく力をこめて中心をしごき始めた。

「あぁぁぁぁっ……、あぁぁぁ………っ！」

快感の大きさにもはや自分が叫《さけ》んでいることすら、研吾にはわからない。

そしてあっという間に波に飲まれ、研吾は一気に絶頂を迎《むか》えていた。

夏目の腕に全身をあずけ、優しく包まれる夏目の手の中に解き放つ。

そしてがくっと力が抜けて、夏目の胸に倒《たお》れこんだ。

「……どうやら、私の手は好きなようだな？　もっと他《ほか》のところも好きになってもらいたいものだ」

背中から研吾の身体《からだ》を抱《だ》きしめた夏目が、研吾の肩《かた》に顎《あご》を載《の》せ、頬《ほお》をすりよせるようにしてささやく。

しっとりとしたぬくもりの中で研吾はその声を聞いたが、真っ白な頭ではその意味を考えることは不可能だった。

それでもようやく、まともな思考がもどってくる。

「ひ…きょー……もの……っ」

背中越《ご》しにふり返って、研吾は男をにらみつける。

夏目が微妙《びみょう》に眉《まゆ》を上げた。

「聞き捨てならないね。私ほど優しい男は他にいないと思うが」

勝手なことを言いながら、夏目の指は研吾のうなじを這い、背筋にそって、そっとキスを落としてくる。

ようやくシャツを脱がされて、両腕が自由になり、研吾は両肘をシーツにつけた。夏目のキスが下へと降りて行くにつれ、そのまま腕を伸ばすようにして身体を折り曲げる。

「あっ」

ぐいっと腰《こし》だけが抱《かか》えられ、膝《ひざ》で立たされた。

あわててすわり直そうとした膝が強引《ごういん》に開かされ、閉じられないように腕を入れられる。

「ココにも、私が好きかどうか、聞いてみようか？」

笑《え》みを含《ふく》んだ声でそう言うと、クッと指に力を入れて腰を開き、一番奥をさらけ出させる。

「や……っ、夏目……っ、嫌だ……っ！」

あわてて腰を引くようにして叫んだが、夏目は容赦《ようしゃ》しなかった。

「あ……」

見つめられてきゅっとすぼまった入り口が、舌先でつっつかれる。

「あぁぁ……っ」

うわずった声が喉《のど》からこぼれ落ちる。

研吾はシーツに額をこすりつけてあえいだ。

しっかりと腰を固定されたまま、何度も何度も、執拗《しつよう》にその部分が濡らされる。

溝《みぞ》をたどるように舌が這わされ、窪《くぼ》みの奥はさらに丹念《たんねん》になめつくされて、研吾は泣きながら腰をまわした。

「も…っ、やめ……」

腿《もも》を伝って流れ落ちる唾液の感触《かんしょく》に、研吾はたまらずうめいた。

しかし夏目は許してくれなかった。

ヒクつく襞《ひだ》の一つ一つが、やわらかさを確かめるように舌先で突《つ》かれ、くすぐるように慣らされる。

「たっぷりと濡《ぬ》らしておかないと、また腰が痛いと責められるからな」

いったん顔を離《はな》して、夏目がまるで研吾のせいみたいに言う。

そして前に片手をまわして、研吾の中心がすでに頭をもたげているのを確かめると、そっと手の中で愛撫した。

さらに後ろをなめながら、前をしごき続ける。

研吾はたまらず、腰をくねらせ、半分泣きながらあえぎ続けた。

「あ……」

そしていつの間にか、舌の離れたそこに、指先が押しあてられる。

やわらかくとろけた入り口は、抵抗《ていこう》もなく夏目の指を飲みこんでいった。

「うまそうに締《し》めつけているな」

言いながら、夏目は指を動かし、中をかきまわした。

「あぁっ…、あっ、あっ」

研吾は無意識に腰をふりまわした。

さっきあの男たちに入れられたときとはまるで違《ちが》う、甘い感覚が腰にわだかまっていく。

二本に増えた指にたっぷりと馴染《なじ》まされると、別のもっと硬《かた》いモノが押しあてられる。

「欲しいか？」

甘い声が尋ねてきた。

研吾はそれに返事をしなかった。

「どうした？」

楽しげに、重ねて尋ねられる。

「また意地を張ってみるか？」

研吾は喉の奥でうなってから、小さく、欲しい、とつぶやいた。

くすくすと笑いながら、夏目のモノがくすぐるように入り口でしばらく遊び、やっぱりじらしてから、ようやく奥へと入ってくる。

「あ……」

一瞬《いっしゅん》の痛みのあと、細胞《さいぼう》の一つ一つからにじみ出すような快感が広がっていく。

「あ…っ、あ……ん……、いぃ……！」

こらえきれずに研吾はうめいていた。

背中から身体を重ねてきた夏目が、さらりと研吾の前髪《まえがみ》をかき上げる。

「私が好きか？」

そっと腰でリズムを刻みながら尋《たず》ねてくる。

すぐには答えない研吾に、夏目がさらに腰を揺《ゆ》らせる。

「あぁぁっ…、ん……！」

「言いなさい」

甘い声が命じる。

「……あんたは……ど……なんだよ…っ？」

快感に酔《よ》いそうになりながらも、研吾は必死に踏《ふ》ん張った。

その強情さにか、ため息をつくように、夏目が言った。

「おまえが可愛《かわい》くて仕方がないよ。頼《たの》むから……あまり強情を張りすぎるな」

いつになく……思いもよらず、弱気な――というか、意地悪じゃない夏目を、研吾はうかがうように見上げた。

「……あんた、俺に……メロメロなんだ……？」

小さな声で、尋ねてみる。

「そう。メロメロなんだよ」

あきらめたように夏目が答えた。そっと微笑《ほほえ》みながら。

夏目らしくもない、少し困ったような、優《やさ》しい笑みだった。

「だから、いつもおまえを目の届くところにおいておくことにした」

言いながら、くっくっ、と腰を突き上げてくる。

「あぁっ、あぁぁ……っ」

うわずったあえぎが研吾の口からこぼれた。

「私が好きか?」

執拗に尋ねる声。

「好き……って……言ったら……」

あえぎながら、研吾はようやく言葉を押し出す。

「ミケ……飼ってくれる……?」

その条件に、一瞬、夏目の動きが止まる。

そして吹《ふ》き出すように笑い出した。

そのかすかな振動《しんどう》でさえも腰に響《ひび》いて、研吾はシーツに爪《つめ》を立てる。

夏目が身体を重ねるように抱きしめて、耳元に言葉を落とした。

「飼ってやるよ。だから、言ってくれ」

身体の中で熱く脈打つ夏目を感じながら、研吾はようやく、好き——、とつぶやいた。

「私もだ」

満足そうに答えた夏目の動きがだんだんと速くなる。

「好き……好き……っ」

その熱の中で、研吾は無意識に何度も口走っていた。

好き――、と一言口にするたび、どんどん好きになるみたいだった。

でも自分の方がたくさん好きなのは悔《くや》しい。

そう。夏目の方がずっと、自分にメロメロなはずで。

夏目のしっぽは、多分、ずっと、研吾が握《にぎ》っていたのだ――。

end

あとがき

こんにちは。早いものでシリーズ3冊目になります。シリーズとは言いましても、1冊ずつ主役カップルの違《ちが》う読み切りですので、この本で初めて目にとめられた方も、ぜひともトライしていただければと思います。

さて。友達の輪、という感じで順番に主人公が変わってきてますが、今回はいよいよ、初回から名前のあがってました、榎木田研吾《えのきだけんご》くんの登場です。

彼は実は、もう4年ほども前に書いた別のお話にちょろっと出てきたキャラでして、そのときに主役だった佑士《ゆうじ》くんもちょびっと成長して、今回顔を出してますね。研吾くんはとてもしっかり者なイメージがずっと私の中にはあって、どっちかというと攻めかな〜、年下攻めかな〜、と思っていたのですが、結局、こうなってしまいました。……ええ、私にはとてもよくあることです。結局、好きになっちゃえば相手次第《しだい》でどっちでも、という太っ腹なキャラが多いのでしょう。

今までの2冊の主人公とはまたちょっと違ったタイプで、思いの外、楽しく書けました。今までの二人は、方向性は違うもののどっちもボケボケなキャラでしたが、研吾くんはそういう意味では、わりとしっかり、男の子ですね。まっすぐに育てばきっと立派な攻め（?）になったのでは、と思うのですが、ひっかかった相手が悪かった、というか(笑)

そして、そのひっかけた相手、夏目は3冊目にして初めて、学生じゃないオトナのキャラです。すばらしく王道を行く校医様ですねー。やはり白衣と眼鏡《めがね》は必須《ひっす》アイテムでしょうか。やってることはアレですが、意外と優《やさ》しい人なんじゃないかと、書いたあとでは思ったりしております。

やっぱり高校生よりはオトナの方が、私的には書きやすいかなあ。まあ、二十八歳というのは、私のキャラの中ではまだまだ若い方なのですが。

このシリーズ、初めは寮《りょう》もの、という感じで順番に書いていこうかな、と考えていたのですが、結局、寮内でのエピソードとか、他の寮生とかもあまり出せず、2冊目では微妙《びみょう》に生徒会ものと化し、この3冊目ではついに、……何だろう？　すでに学園物ですらないような気も……とほほ。

一応、3冊で一区切り、ということですので、次にルビー文庫でお目にかかるときは違う話になる予定です。が、この「月ノ森」の話も、今までに書いたカップルたちのその後も、また機会があれば——というか、ネタがあれば——書いてみたいと思います。ホントに、寮の中も、他の寮生たちのこととかも置き去りにしてますし。ただ、書くにつれて学園物から離《はな》れているような気がしてなりませんが……。

さて、3冊目の今回。

他《ほか》と調整しようと思うと、だんだんと難しくなるタイトルですが、担当さんにはいつもに増して、すばらしいタイトルをありがとうございました！　案をいくつか拝見して、真っ先にコレに目が吸いよせられ、あまりのインパクトにもう他には考えられない状態に（笑）タイトルに偽《いつわ》りなく、夏目氏は暴れん坊《ぼう》になっているのでしょうか？

私としては、もう一人の暴君（？）・夏目兄の方もちょっと気にかかるかな〜。この人の場合も、相手次第で攻受どっちでもいける人だろうとは思いますが、私的にはやっぱり弟とは反対の方がよりおもしろく書けそうだな、という気がします（……単なる趣味かも）。ただ雰囲《ふんい》気《き》ががらっと変わってしまいますので、このシリーズとしては難しそうですね。

担当さんには今回特に、カレンダーを眺《なが》めながら、ハラハラドキドキ感を味わわせてしまったことと思います。すみません〜。次はもうちょっとなんとか……がんばりますので、また面《めん》倒《どう》を見てやって下さいませ。

シリーズでイラストをいただきましたせらさんにも、本当にありがとうございました！

この3冊目に来て、今までになくせっぱつまってしまって申し訳ありませんでした……。でも毎回、おおっ、と声が上がるくらいイメージのど真ん中にくるキャラで、すごく幸せな気分で原稿《げんこう》をさせていただけました。今回は初のオトナのキャラで、できあがりがひときわ楽しみです♪　そう、それにこの本では、研吾くんと一真くん、そして佑士くんの三人そろいの場面もあって、必見ではないかと。いろいろとご迷惑《めいわく》をおかけしましたが、また機会がありましたら、そして懲《こ》りていらっしゃらなければ（しくー…）、よろしくお願いいたします。

そしてこの本を手にとっていただいた皆様《みなさま》にも、ありがとうございました！　ほんのいっときでも、にやっと笑ったり、ふわふわした気分で楽しんでいただければと思います。

また、どこかでお目にかかれますように——。

3月　開花予想が出ました。春ですね〜。

水壬楓子

KADOKAWA RUBY BUNKO
校医様《こういさま》は夜《よる》の暴君《ぼうくん》
水壬楓子《みなみふうこ》

角川ルビー文庫 R86-3 12894

平成15年4月1日 初版発行

発行者——井上伸一郎
発行所——株式会社角川書店
東京都千代田区富士見2-13-3
電話/編集(03)3238-8697
営業(03)3238-8521
〒102-8177 振替00130-9-195208
印刷所——旭印刷 製本所——コオトブックライン
装幀者——鈴木洋介

ISBN4-04-447603-9 C0193 定価はカバーに明記してあります。

KADOKAWA RUBY BUNKO

角川ルビー文庫

いつも「ルビー文庫」を
ご愛読いただきありがとうございます。
今回の作品はいかがでしたか？
ぜひ、ご感想をお寄せください。

〈ファンレターのあて先〉

〒102-8177 東京都千代田区富士見2-13-3
角川書店 アニメ・コミック編集部気付
「水壬楓子先生」係

会長様とキケンな密約
水壬楓子
イラスト/せら
プチ二重人格の美人生徒会長と、
タフで俺様な野獣系転入生の、
めくるめく放課後ラブゲーム♥
俺に抱かれるの、好きだろ？
生徒会長の那智は、お気に入りの昼寝場所で
転入生の成海と出会い、勢いでHしちゃって…!?

ルビー文庫